LES OEUVRES POSTHUMES

DE DEFUNT Giles MONSIEUR Boileau

DE L'ACADEMIE FRANCOISE,

Contrôleur de l'Argenterie du Roy.

A PARIS,

Chez CLAUDE BARBIN, au Palais, sur le second Perron de la Sainte Chapelle.

M. DC LXX.

AVEC PRIVILEGE DU ROY.

LE LIBRAIRE

AU LECTEUR·

E ne doute point que le Lecteur ne m'ait quelque obligation du present que je luy fais des derniers Ouvrages d'un Homme illuſtre, que la mort a mis hors d'eſtat de les pouvoir donner luy-meſme au public. Bien qu'ils n'ayent point en-

core vû le jour, ils ne laif-
fent pas d'eftre fort connus.
La Traduction du quatrième
Livre de l'Eneide a déja
charmé une bonne partie de
la Cour, par la lecture que
l'Auteur, de fon vivant, a
efté comme forcé d'en faire en
plufieurs reduits celebres. Elle
a merité l'approbation d'une
des plus grandes & des plus
fpirituelles Princeffes de la
terre : & elle a fait dire à
un des plus fameux Predi-
cateurs de noftre fiecle, qu'à

AU LECTEUR.

ce coup la copie avoit surpassé
l'original. Cependant il est
certain que l'Auteur ne s'estoit pas encore satisfait sur
cette Traduction, à laquelle
il n'avoit pas mis la derniere
main, non plus qu'à ses autres Ouvrages, qu'il n'avoit
pas faits la pluspart pour estre
imprimez, & qui ne l'au-
roient jamais esté, si je n'en
eusse fait une espece de larcin
à ceux entre les mains de qui
ils estoient tombez. C'est un
avis que je suis bien-aise de

AU LECTEUR.

donner en passant, à ceux qui y trouveront peut-estre des choses plus foibles les unes que les autres. Je croy que le nombre de ces Critiques sera fort petit : Et j'espere qu'il en sera de ces Ouvrages comme de l'Eneide de Virgile, dont Virgile seul est mort mécontent. Voilà tout l'avertissement que j'ay à donner au Lecteur. S'il profite comme il doit du don que je luy fais, & s'il sçait m'en faire profiter ; je me promets de luy don-

AU LECTEUR.

ner bien-toſt une ſeconde Edi-
tion de ce Livre, plus ample
& plus correcte que celle-cy,
& je luy répons que je n'épar-
gneray point mes ſoins & ma
diligence pour luy donner une
entiere ſatisfaction.

EXTRAIT DU PRIVILEGE
du Roy.

PAr Grace & Privilege du Roy donné à Saint-Germain en Laye le 24. Avril 1670. signé, CHASSEBRAS, il est permis à CLAUDE BARBIN d'imprimer *Diverses Oeuvres, tant en Vers qu'en Prose, de défunt Monsieur B*** Contrôleur general de l'Argenterie, & Intendant des affaires des menus plaisirs, & l'un des quarante Academiciens de l'Academie de sa Majesté*, d'icelles vendre & debiter en tel volume que bon luy semblera, pendant le temps de sept années; Et défenses sont faites à tous autres de les vendre ny debiter, à peine de confiscation, & autres peines mentionnées ausdites Lettres de Privilege.

Registrées sur le Livre de la Communauté des Marchands Libraires-Imprimeurs de la ville de Paris, suivant & conformément à l'Arrest de la Cour de Parlement, du 8. Avril 1653. aux charges & conditions portées par lesdites Lettres de Privilege, le 14. Juin 1670.
Signé, LOUÏS SEVESTRE, Syndic.

Les Exemplaires ont esté fournis.

Achevé d'imprimer pour la premiere fois le 10. Juillet 1670.

LE
QUATRIEME LIVRE
DE L'ENEIDE
DE VIRGILE.

IDON atteinte au cœur d'un
poison qu'elle ignore,
Entretient en secret le feu qui la
devore.

La gloire du Heros, l'honneur de ses Ayeux
Avec toute leur pompe éclatent à ses yeux.
Son geste, sa parole & toute son histoire
Sont avec son portrait gravez en sa memoire.

A

Son esprit inquiet y songe à tout propos,
Et ne lui permet pas un moment de repos.

 La palissante Nuit dans ses Espaces sombres
Alloit s'évanoüir au milieu de ses Ombres;
Quand Didon en ces mots découvrit à sa Sœur
Le secret déplaisir qui lui ronge le cœur:

 Quelles vaines frayeurs, dont mon ame est
De leurs illusions troublent ma fantaisie ? [saisie,
Quel Inconnu, ma Sœur, vient moüiller à nos
Quelle Fatalité le jette sur ces bords ?   [Ports?
Ah ! que sa haute mine & sa mâle assurance
Font bien luire en ses yeux l'éclat de sa naissance !
L'obscurité du sang veut en vain se flater,
Quelque fausse couleur qu'elle puisse emprûter ;
Toûjours l'on entre-voit une indigne foiblesse
Qui dément son orgueil & trahit sa bassesse.
O Dieux ! ma chere Sœur, à quelle extremité
Son courage & le Ciel ne l'ont ils point porté !
Combien de fois, helas ! à la foy de Neptune
N'a-t-il point confié sa vie & sa fortune !

Et combien de Lauriers au milieu des hazars
N'a-t-il point moiffonné dans les plaines de
    Mars !
Si mon Cœur à l'Amour n'eftoit impenetrable,
Si le vœu que j'ay fait n'eftoit inviolable,
Si je n'euffe enterré dans le mefme Tombeau
Avec mon cher Efpoux l'Hymen & fon Flâbeau;
Cet Inconnu peut-eftre auroit eu la puiffance
De domter mon Orgueil & forcer ma Conf-
    tance.
Luy feul a pû, ma Sœur, malgré tous mes fer-
    mens
Ebranler mon efprit & furprendre mes fens.
Il femble à fon abord que ma douleur s'efface,
De mes feux étouffez je reconnois la trace;
Et quand à mon fecours j'appelle mon devoir,
Mon devoir eft muët & n'a plus de pouvoir.
Mais plûtoft tout le Ciel s'arme pour mon
    fupplice,
Plûtoft jufqu'aux enfers la Terre m'engloutiffe,

Que je cede jamais à cette indigne ardeur,
Ny qu'un bas sentiment ternisse ma pudeur.
Celuy qui le premier eut ma flâme premiere,
L'enferme dans sa tombe & pure & toute en-
    tiere.

En achevant ces mots ses sensibles douleurs
Noyerent son beau sein d'un deluge de pleurs.
Sa Sœur qui dés long-temps voyoit avecque
    peine
De sa triste vertu la constance inhumaine,
L'embrasse, la rassure & lui tient ce discours:
    Voulez-vous dans les pleurs laisser couler vos
        jours ?
Voulez-vous en regrets user vostre Jeunesse,
Et pour des Manes froids perdre vostre ten-
    dresse ?
A ce cruel honneur bornez-vous vos desirs ?
Ne connoistrez-vous plus l'amour ni ses plaisirs?
Est-ce que vous croyez que des Ombres muëtes
S'inquietent là bas des projets que vous faites ?

Encor dans les tranſports de vos recens mal-
    heurs

J'approuvois vos ſoupirs , j'excuſois vos dou-
    leurs.

A voſtre perte alors mon ame trop ſenſible

A veu ſans murmurer voſtre cœur invincible.

J'ay veu, vous le ſçavez, à l'envi tous nos Rois

Adorer vos beautez ſans vous preſſer d'un
    choix.

J'ay du fier Jarbas vû la pourſuite vaine ,

Et j'ay craint ſon dépit ſans blaſmer voſtre
    haine.

Mais aujourd'huy , ma Sœur , que l'ouvrage du
    temps

Rend à voſtre Raiſon l'empire ſur vos ſens ,

Seriez-vous à vous meſme encore aſſez barbare

Pour refuſer les biens que le Ciel vous prepare ?

Et pourriez-vous enfin vous défendre d'aimer

Un Heros qui vous plaiſt & qui vous doit
    charmer ?

                            A iij

Ne vous souvient-t-il plus de ce Climat sauvage?
Quel Peuple aspre & cruel borde vostre Cartha-
Ce fort Getulien, ce Numide brutal,   [ge?
Ce Barcéen cruël, ce Maure déloyal?
Avez-vous oublié de quelle affreuse guerre
Vostre frere inhumain menace cette Terre?
Pour moy je croy, ma Sœur, que par l'ordre
     des Dieux.
La Tempeste a jetté les Troyens en ces lieux.
Ah que nos jours seront comblez d'heur & de
     joye,
Si Carthage jamais est jointe avecque Troye!
Et si par vostre Hymen nous pouvôs estre amis,
Nous pouvons tout oser & tout nous est permis.
Secondez donc des Dieux la visible entreprise,
Rendez graces au Ciel quand il vous favorise.
Les Navires d'Enée ou brisez ou perdus,
Ses cordages usez, & ses gens éperdus,
L'Air, la Terre, la Mer, la Saison & l'Orage,
Enfin tout semble aider à rompre son voyage;

Profitez donc du temps, & vous ressouvenez

Que l'Afrique est à vous si vous le retenez.

　　Par ce discours flateur une subtile flâme

Penetra tout à coup jusqu'au fond de son ame,

Et tout à coup l'Amour s'emparant de son cœur

Luy fit perdre la crainte & franchir la pudeur.

Elle ordonne d'abord par tout des sacrifices,

Et croit rendre par là tous les Dieux ses com-

　　plices.

Elle charge de dons les autels d'Apollon,

Elle en offre à Bacchus, à Cerés, à Junon,

Mais à Junon sur tout à qui la destinée

A confié le soin des droits de l'Hymenée.

Elle mesme souvent d'un esprit incertain

Consacre la victime & prend la coupe en main,

Et d'autel en autel des victimes mourantes

Consulte avidement les entrailles vivantes.

Mais que servent les Vœux, les Temples &

　　l'Encens,

Quand l'Amour forcené tyrannise nos sens?

Prestres, quelle est l'erreur de vos vaines Ma-
  ximes
De chercher l'avenir dans le sein des Victimes ?
En vain vous consultez tous les Dieux nuit
  & jour,
Didon de tous les Dieux n'écoute que l'Amour.
A d'éternels chagrins il met son ame en proye,
Au milieu des plaisirs empoisonne sa joye,
Allume le brasier dans le fond de son cœur,
Et ne la laisse point sans alarme & sans peur.
Elle vient, elle va, court & marche sans cesse
Et porte en mille lieux le tourment qui la presse.

  Telle qu'on voit la Biche au milieu des forests
Qu'un Chasseur a de loin atteinte de ses traits,
Par les monts & les forts hors d'haleine éperdüe
Emporter avec soy la fléche qui la tüe.

  Tantost pour assouvir ses amoureux regards
Elle promene Enée au-tour de ses remparts,
Luy fait voir ses Fossez, ses Murs, ses Forteresses,
Luy conte ses desseins, luy vante ses richesses;

Et son esprit distrait, incertain, interdit
Luy coupe la parole au milieu du recit.
Mais quand l'Astre du jour a finy la Journée,
A de nouveaux festins elle rappelle Enée,
Et toûjours attentive à ses fameux exploits
Luy fait recommencer son Histoire cent fois.
Enfin quand du sommeil la douce violence
Force le Monde entier à garder le silence,
Seule, triste & pensive en son appartement
Elle se livre entiere en proye à son tourment.
Jamais sa passion ne luy donne de tréve,
Elle marche, s'assied, se couche & se releve.
Toute la nuit Enée est present à ses yeux;
Absent elle le voit & l'entend en tous lieux ;
Et quand l'impatience enfin la desespere,
Dans l'image du fils elle cherche le Pere.
Et tâche par les traits qu'elle retrouve en lui
D'amuser son amour & tromper son ennui.
Cependant ces Soldats, cette ardente jeunesse
Au lieu de s'exercer languit dans la molesse.

Ces masses de Rochers & ces grands Bastimens
Qui devoient s'affranchir de l'empire du Temps,
Ces Rempars qui devoient affronter le Ton-
  nerre,
Demeurent imparfaits & gisent sur la terre.

 Junon voyant du Ciel le funeste poison
Qui de cette Princesse attaquoit la raison,
Et qu'à sa passion qui trouvoit tout facile
La pudeur n'estoit plus qu'un obstacle inutile,
La douceur dans les yeux & l'aigreur dans le sein
Elle aborde Venus & cache son dessein.

 Certes l'Amour & Vous avez bien de la gloire,
Vous remportez tous deux une illustre victoire,
Et l'exemple, dit-elle, est rare & curieux,
Que pour vaincre une femme il ait falu deux
  Dieux.
Ah! je me doutois biē que nos murs de Carthage
A vostre esprit jaloux dōneroient de l'ombrage.
Mais quoy nos differends dureront-ils toûjours?
Rien n'est-il assez fort pour en rompre le cours?

Ne voulez-vous jamais ceſſer d'eſtre inhumaine ?
Faut-il encore du ſang pour fléchir voſtre haine?
Croyez-moy c'eſt aſſez, il eſt temps deformais
Par un heureux Hymen de conclure la paix.
Vous n'avez plus beſoin de livrer de batailles,
Didon a le brazier juſqu'au fond des entrailles :
Ne differons donc plus, & ſous d'égales lois
Avec tous nos debats côfondons tous nos droits.
Par un commun accord forçons la Deſtinée
A ſouffrir que Didon ſoit la femme d'Enée,
Et qu'elle porte en dot au Prince des Troyens
Tout l'or de Phenicie & tous les Tyriens.

Venus qui connoiſſoit l'eſprit de la Deeſſe,
Découvrit ſes deſſeins, penetra ſa fineſſe,
Et vit que cet Hymen n'avoit point d'autre fin
Que de donner atteinte aux arreſts du Deſtin,
Et de faire perir dans les ſables d'Afrique
L'Eſperance d'Enée & la Gloire Italique.

Qui pourroit s'oppoſer à vos intentions
Quand la paix eſt offerte à ces conditions ?

Ce parti, reprit-elle, est le plus beau du monde,
Pourveu qu'à vos projets la fortune réponde.
Mais quoy que vous fassiez, Junon, je doute fort
Qu'avecque nos desirs le Destin soit d'accord,
Que nos Peuples unis vivent d'intelligence
Et qu'enfin Jupiter souffre cette alliance.
C'est à Vous là dessus à sonder son vouloir,
Assurez-vous de lui, je feray mon devoir.

    Laissez-moy, dit Junon, conduire ce mistere
Escoutez seulement ce que je pretens faire.

    Demain quand le Soleil sur son char lumi-
      neux
Dans le sombre Univers rallumera ses feux,
Et que le jour sortant du moite sein de l'Onde
De ses premiers rayons éclairera le Monde,
Enée & la Princesse avec de grands apprests
Doivent aller au loin chasser dans les forests.
Mais dés que les Piqueurs dans l'ardeur de la
      chasse,
Suivront avec les Chiens les Bestes à la trace,

                      Et

Et que tous les Chasseurs en cent lieux écartez

Ceindront de leurs filets les bois de tous costez;

J'embrazeray le Ciel d'un si brûlant Tonnerre

Et de tant de torrens j'inonderay la Terre,

Que les plus Emportez seront contraints alors

D'abandonner la Chasse & de chercher les
      forts.

Enée avec Didon au milieu de l'orage

S'échaperõt ensemble en quelque antre sauvage:

Là seuls loin des Chasseurs des meutes & du
      bruit,

Et devenus hardis par l'horreur de la nuit;

Si vostre intention est sincere & naïve,

J'échaufferay leur cœur d'une flâme si vive,

Et d'un lien si fort je les joindray tous deux,

Que l'Hymen en personne en serrera les nœuds.

Venus luy confirma de nouveau si promesse,

Et se rit en secret du piege qu'on luy dresse.

L'Aurore cependant le teint vermeil & frai

Sortoit de l'Ocean plus belle que jamais;

                           B

Quand toute la Jeuneſſe en un leſte équipage
Parut avec le jour hors les murs de Carthage.
Alors par les chemins on ne voit en tous lieux,
Que des Filets , des Dards , des Toiles , des
    Eſpieux.
Déja tous les Picqueurs volent ſur les montagnes
Suivis de mille Chiens qui couvrent les Cam-
    pagnes.
Tous les Seigneurs de Tyr avec mille valets
Attendent la Princeſſe aux portes du Palais.
Son Cheval orgueilleux que la colere allume
Mord de dépit ſon frein qui blanchit ſous l'é-
Enfin elle paroiſt ſuperbe en ſes habits , [cume.
Sa veſte de drap d'Or éclate de rubis :
L'Or de ſes blonds cheveux brille de telle ſorte
Qu'il efface celuy du Carquois qu'elle porte :
Son écharpe attachée avec un diamant,
Luy tombe par derriere & flote au gré du vent.
Aſcagne accompagné d'une troupe d'élite
S'avance ſur les rangs, & ſe meſle à la ſuite,

Mais Enée entre tous majestueux & grand,

Se joint à la Princesse & marche en Conquerant.

   Ainsi quand Apollon de ses rayons se pare

Qu'il revient à Delos & qu'il quitte Patare;

Tandis qu'autour de luy, mille peuples divers

Dansent d'un pied leger & font mille concerts,

Sur les sommets de Cynthe en ce beau jour de
     feste

D'un verdoyant Laurier il couronne sa teste,

Se boucle, se parfume & laisse à gros boüillons

Sur son Carquois d'argent floter ses cheveux
     blonds.

Tel & plus beau cent fois parut cette journée

Sur les monts Afriquains le redoutable Enée.

   Mais dés que les Chasseurs eurent percé les
     forts,

Le Chevreüil effrayé par les Chiens & les Cors,

Du plus haut des Rochers saute à perte d'ha-
     leine,

Par bonds précipitez au milieu de la plaine,

                         B ij

Et les Cerfs tout poudreux fuiant par les vallons,

Laiſſent bien loin derriere & les Chiens & les
    Monts.

Aſcagne des premiers dans la plaine s'élance ;

Tantoſt l'un, tantoſt l'autre à la courſe il de-
    vance.

De ſon viſte Cheval la promte & vive ardeur

D'un ſi boüillât tranſport luy fait enfler le cœur,

Qu'en ſoy-meſme il voudroit qu'un Lion plein
    de rage

Vinſt du haut des Coſtaux s'offrir à ſon courage.

Cependant un grand bruit ſoudain frappe les airs

Et le Ciel ne luit plus que du ſeu des éclairs ;

Les Torrens à grands flots deſcendent des Mon-
    tagnes ,

Déracinent les Rocs , inondent les Campagnes ;

Les Chiens & les Chaſſeurs confuſement épars ,

Vers les proches Hameaux courēt de toutes pars.

Enée & la Princeſſe en ce commun naufrage

Dans un antre à couvert laiſſent gronder l'orage.

Là la Terre & le Ciel donnerent le signal,

Et le feu des éclairs fut le feu nuptial ;

Du murmure de l'air les Roches s'ébranlerent ;

Et du sommet des Monts les Dryades heurle-
    rent.

Ce jour, ce jour fatal fut cause de sa mort

Et le triste sujet de son malheureux sort.   [che,

Le soin de son honneur n'est plus ce qui la tou-

Amour luit dans ses yeux, il parle par sa bouche,

Et couvrant de l'Hymen la honte de ses feux

Elle croit tout permis à son cœur amoureux,

La viste Renommée alors à tire-d'aisle

Par toute la Lybie en porte la nouvelle.

Ce mal de tous les maux le plus promt, le plus
    grand,

Qui croist plus elle avance, & prend force en cou-
    rant.

D'abord foible & honteuse elle n'ose paroistre ;

Mais l'on voit tout à coup son audace s'accroi-
    stre ;

B iij

Et quoy que fur la Terre elle imprime fes pas,

Elle éleve fa tefte au deffus des frimas.

La Terre de dépit contre les Dieux pouffée,

Engendra cette Sœur d'Encelade & de Cée,

Et pour la rendre promte à fon commandement

La fit d'aifle & de pieds plus vifte que le vent.

Ce Monftre énorme, affreux, de chaque plume

   couvre

Une oreille attentive , un œil qui toûjours

   s'ouvre,

Et cache dans les plis de fon corps fpacieux ,

Plus de bouches encor que d'oreilles & d'yeux.

Dans le vafte Univers de l'un à l'autre Pole,

Sans jamais fommeiller chaque nuit elle vole,

Et veille chaque jour au haut de quelques Tours

Pour voir ce qui fe paffe ou fe dit dans les Cours.

Delà quand par hafard un fecret elle évente,

Elle va dans le monde en femer l'épouvante,

Et fans diftinction de rang ni d'équité,

Entaffe le menfonge avec la verité.

Cette infame Déeſſe eſtaloit avec joye,

L'opprobre de Carthage & la honte de Troye.

Elle contoit qu'Enée iſſu du ſang Troyen,

Au mépris de l'Aſrique & du nom Tyrien,

Avoit en un moment, ſans effort & ſans peine,

Soumis à ſon ardeur la fierté de la Reyne.

Que tous deux abyſmez en de ſales amours,

Paſſoient dans les plaiſirs & les nuits & les jours;

Et qu'ils avoient banny bien loin de leur memoire

Le ſoin de leurs Eſtats & celui de leur gloire.

Apres qu'en mille lieux ce Monſtre ſans
raiſon,

En la bouche du Peuple eut verſé ce poiſon,

Il détourne ſes pas & court en diligence

Du jalous Iarbas animer la vengeance.

Ce ſuperbe Monarque iſſu du ſang des Dieux,

Le fils de Garamante & du Maiſtre des Cieux,

Avoit fait élever dans les plaines Lybiques,

Au nom de Jupiter cent temples magnifiques:

Cent Lampes jour & nuit brûlant sur les Autels,

Estoient de ces lieux saints les honneurs eternels ;

Les portes de festons estoient toûjours cou-
vertes,

Et les pavez sanglans de victimes offertes.

Ce Roy donc transporté d'amour & de fureur ;

La jalousie en l'ame & le dépit au cœur ;

Se prosternant aux pieds des Autels de son Pere

Par ces mots enflâmez alluma sa colere.

Arbitre souverain des Dieux & des humains ;

Qui tenez enchainé le Destin dans vos mains,

Tout-puissant Jupiter que la Nation More,

Dans ses festins sacrez d'un sacré culte honore ?

Pouvez-vous voir l'affront qu'à vos yeux l'on
me fait,

Et tenir dans vos mains la foudre sans effet ?

Ce murmure estonnant, cet horrible Tonnerre,

Qui menace si haut les crimes de la Terre,[bruit,

Et tout ce grand éclat n'est-il donc qu'un vain

Que la vapeur enfante & que le vent conduit ?

Donc une simple femme errante & vagabonde,

Le mépris de la Terre & le rebut de l'Onde,

Elle à qui par pitié j'ay permis en ces bords

De fonder une Ville & de bastir des forts,

Qui n'a pour cultiver qu'un sterile rivage,

Et qu'un sable brûlant pour unique heritage;

Elle enfin ma sujette & soûmise à ma loy

Reçoit les vœux d'Enée & rebute ma foy;

Et ne m'amuse enfin des regrets de Sichée,

Qu'afin de mieux servir sa passion cachée;

Et lors que ce Paris au milieu des plaisirs,

Joüit de sa conqueste & rit de mes soûpirs;

Nous au pied des Autels & sans cesse en prieres,

L'Encensoir à la main passons les nuits entie-

res,

Et n'avons pour tout fruit de porter vostre nom

Qu'un vain titre de gloire & qu'un triste renom.

Jupiter jusqu'au cœur touché de ce langage,

Jette un œil de courroux sur les murs de Car-

thage,

Et voyant ces Amans dans un lasche repos,
Il appelle Mercure & lui parle en ces mots :

Si jamais à mes vœux tes soins furent fideles,
Appelle les Zephirs & fend l'air de tes aisles,
Va trouver de ma part le Prince des Troyens,
Qui languit à Carthage en de honteux liens :
Et ne se souvient plus de la haute esperance,
Que les Destins amis offrent à sa vaillance.
Dy lui que ce qu'il fait dans ces ardens Climats,
N'est pas ce que sa Mere a promis de son Bras,
Ni le sujet pourquoy j'ay permis que sa vie
Ait esté par deux fois à la Parque ravie ;
Mais que j'ay cru qu'un jour sa main par cent
    exploits,
Forceroit l'Italie à fléchir sous ses lois ;
Et qu'un jour cette Terre en triomphes feconde
Borneroit son Empire à l'Empire du Monde.
Que si tant de succés & si son propre hon-
    neur
Sont de foibles appas pour ébranler son cœur,

Au moins demande-lui s'il a bien le courage,
De ravir à son fils un si grand heritage,
Et s'il veut preferer en dépit du Destin
Les sables de l'Afrique à l'Empire Latin.
Dis lui donc qu'au plûtost il songe à sa retraite;
Et que c'est là ton ordre & ce que je souhaite.

A peine eut-il parlé, que Mercure à l'instant
Les brodequins aux pieds & les aisles au vent,
Mesure des hauts Cieux les routes inconnuës,
S'élance, prend son vol & se perd dans les nuës,
Et tenant en volant son Caducée en main
Il se trace un sentier lumineux & serein;
Escarte loin de lui les vents & les orages,
Et perce en un moment les plus espais nuages.
Avec ce Caducée il peut quand il lui plaist,
Revoquer de la mort l'irrevocable arrest, [bres
Faire entrer les vivans dans les Royaumes som-
Et du fond des enfers tirer les pasles ombres.
Déja du haut des airs ce Messager des Dieux
Voioit courber Atlas sous le fardeau des Cieux;

Atlas de qui la teſte aux tempeſtes offerte,

D'orage & de broüillars eſt ſans ceſſe couverte;

La Neige ſur ſon dos tombe par gros flocons,

Et ſa barbe hideuſe eſt roide de glaçons;

De ſon large menton de cent fleuves la ſource

Cent fleuves à grands flots precipitent leur

    courſe.

  Là s'arreſte Mercure & les aiſles en l'air,

Soudain à corps perdu vient fondre ſur la mer;

Semblable à cet Oyſeau qui tombe des nüages,

Et coſtoye à fleur d'eau les bancs & les rivages.

Ainſi ce Dieu raſoit à la faveur des vents

Les Mers de la Lybie & ſes ſables brûlans.

Mais des qu'il eut touché dans les plaines Lybi-

    ques

De ſes talons aiſlez les Cabannes ruſtiques?

Le Prince des Troyens s'offrit à ſes regards

Meſurant des hauteurs & traçant des remparts.

Sur ſon dos éclatoit un manteau d'écarlate,

Que Didon d'une main ſçavante & delicate

                Avoit

Avoit avecque l'or si proprement orné,

Que l'œil en le voyant en estoit estonné.

La garde de l'épée à son costé pendante

D'or & de diamans estoit estincellante.

Mercure le regarde & l'aborde en ces mots :

    O l'employ glorieux d'un illustre Heros,

Quoy donc ces hauts projets & tout ce grand

      courage,

Sont-ils enfin bornez à ces murs de Carthage ?

Et l'amour sur ton cœur a-t-il bien le pouvoir

De te faire oublier ta gloire & ton devoir ?

Le Maistre souverain des Dieux & du Ton-

      nerre,

M'a du plus haut des Cieux fait descendre sur

      terre,

Pour sçavoir tes desseins & ce que tu pretens,

De perdre en ces climats ta fortune & ton

      temps.

Que si tu fais ceder ton honneur à ta flâme,

Et l'amour de la gloire à l'amour d'une femme ?

                C

Regarde au moins le tort que tu fais à ton fils
Et que le monde entier à sa race est promis.

  Ce Dieu parlant ainsi retourne vers la nuë,
Quitte la forme humaine & s'échappe à la vuë,
Et rompant ce discours, plus viste qu'un éclair
Passe, s'evanoüit & s'exhale dans l'air.

  Enée à cet aspect pâle, interdit de crainte,
Les cheveux herissez & la parole esteinte,
Malgré le doux lien qui l'attache à ces bords,
Est prest de le briser & de quitter ces ports.
Mais comment faire ? helas ! par quelle flaterie
Pourra-t-il aborder une Amante en furie ?
Aprés mille desseins l'un à l'autre opposez,
Aprés autant d'avis offerts & refusez;
Son esprit inquiet, à soy-mesme contraire,
Ne sçachant que penser, que dire ni que faire,
Voulant ne voulant pas & toûjours incertain,
Enfin se resolut à suivre ce dessein.
Il appélle Sergeste & Mnesthée & Cloante,
Leur fait voir quel soucy l'agite & le tourmente;

Leur commande qu'en haste & sans perdre de
    temps,
Ils équipent sa flote & ramassent leurs gens ;
Que gardant le secret chacun sur le rivage,
Soit prest au premier ordre à partir de Carthage,
Que pour lui cependant il emploiroit ses soins,
Dans le temps que Didon s'en douteroit le
    moins,
A menager une heure & propice & secrete,
Pour prendre congé d'elle & faire sa retraite.
Chacun avecque joye obeït à l'instant
Et chacun à cet ordre est promt & vigilant.

    Mais Enée, à quoy sert cette vaine conduite?
Quelle assez noire nuit pourroit cacher ta fuite?
Côment tromper un cœur éclairé par l'amour,
Un cœur qui t'examine & la nuit & le jour,
Qui toûjours agité de crainte ou d'esperance
Au milieu du repos n'est pas en assurance?
La Reine de Carthage au premier mouvement
De ce fatal depart eut un pressentiment,

                 C ij

Et comme elle en eſtoit encore toute alarmée ;
Auſſi-toſt à grands pas la promte Renommée
Vint de tous les vaiſſeaux & de tout l'attirail
Juſques dans ſon Palais étaler le detail.
De colere à ce bruit & de rage écumante ;
Elle court par la Ville ainſi qu'une Bacchante,
Qui pleine de fureur fait de ſes heurlemens
Retentir Cytheron juſqu'en ſes fondemens.
Didon en cet eſtat hors d'elle & forcenée
Par ce bruſque diſcours vint aborder Enée.

    Quoy, Perfide, as-tu crû juſques dans mon
      Eſtat
Dérober à mes yeux un ſi noir attentat ?
Quoy donc cette amitié d'éternelle durée,
Cette foy tant de fois ſi faintement jurée,
Et le trépas qu'enfin je ne puis éviter
N'ont-ils pas le pouvoir, ingrat, de t'arreſter ?
Quel Demon envieux, quelle raiſon ſuprê-
    me,
Te rendent ſi cruel & barbare à toy-meſme,

Pour aller au milieu de ces rudes saisons
Jusqu'au milieu des mers braver les Aquilons?
Quand ta chere patrie & cette antique Troye
Ne seroit point des Grecs & des flâmes la proye,
Serois-tu, pour la voir, si depourveu de sens,
Que d'aller t'exposer à la rage des vents?
Est-ce moy que tu fuis? songe mon cher Enée,
Que je me suis à toy toute entiere donnée,
Qu'il n'est rien que pour toy je n'aye aban-
    donné,
Et que j'ay tout perdu pour t'avoir tout donné.
Je te conjure, helas! par ces torrens de larmes
Qui pûrent tant sur toy quand j'eus pour toy
    des charmes,
Par ces momens si doux, par ces brûlans desirs,
Par tout ce que tu pris avec moy de plaisirs,
De voir le triste estat de mon ame fidelle,
Qui n'a plus rien pour soy si tu n'es plus pour
Et si le souvenir d'une tendre amitié   [elle,
Ne luy garde en ton cœur un reste de pitié.

Tu sçais à quel haut prix j'achetay ton estime,

Que ton amour tout seul fait aujourd'huy mon
  crime,

Que pour le conserver je n'ay rien ménagé

Que biens, Sceptres, Estats, que j'ay tout en-
  gagé.

Tu sçais qu'il m'a livrée à la haine publique

Et fait des ennemis de tous les Rois d'Afrique;

Tu sçais enfin, tu sçais que pour dernier malheur,

Je t'ay sacrifié jusques à mon honneur :

Cet honneur dont je fus autresfois si charmée

Et qui jusques aux Cieux porta ma renommée.

Mon cher hoste dis moy, puis que le nom
  d'Espoux   [doux,

N'a plus rien pour ton cœur de touchant ny de

Peux-tu voir à quels maux ma fortune est livrée

Et qu'avec ton départ ma mort est assurée?

Car attendray-je enfin qu'un frere scelerat

Me raville la vie avecque mon Estat,

Ou qu'un Prince jaloux affouviffe fa rage
Et me traifne en captive au milieu de Carthage
Encore fi dans l'excés de ce preffant malheur
Tu me laiffois un fils pour flater ma douleur,
Si ce fils te pouvoit reffembler de vifage,
Je me confolerois en voyant ton image,
Et me reftant de toi ce gage precieux
J'aurois du moins dequoy fatisfaire mes yeux.

    Enée à ce difcours malgré fa refiftance
Sent au fond de fon cœur ébranler fa conftance,
Mais confervant toûjours le calme dans fes yeux
Il cache fa foibleffe & fuit l'ordre des Cieux:
Grande Reyne, il eft vray, rien n'eft, dit-il,
    capable
D'exprimer à quel point je vous fuis redevable,
Ni rien ne peut auffi vous exprimer l'ardeur
Du vif reffentiment que j'en garde en mon
    cœur.   [trame
Le Ciel peut de mes jours rompre à fon gré la
Mais ce Ciel tout puiffant ne peut rien fur ma
    flâme,

Et je veux en mourant jusques dans les enfers
Emporter avec moy la gloire de vos fers.
Mais helas ! que me sert cette inutile gloire
Si mon cruel destin ma'gré moy vous fait croire,
Qu'en secret mon esprit ait conceu l'attentat
De dérober ma suite aux yeux de vostre Estat?
Je m'en rapporte à vous si toutes vos caresses
Ont jamais à mon cœur surpris quelques pro-
Et si ma passion au milieu des plaisirs [messes,
Jamais d'un mot d'hymen a flaté vos desirs.
Je sçavois que du sort la rigueur trop suivie
Envioit ce bonheur au bonheur de ma vie,
Et que je ne pouvois sans estre un imposteur
Promettre d'accorder les destins & mon cœur.
Si le Ciel à mon choix eust remis ma conduite,
Aprés la mort des miens & Pergame détruite;
J'aurois sacrifié le reste de mes ans   [rens.
Aux restes malheureux de tous mes chers pa-
Sur ce fameux debris j'aurois fait avec joye
De nouveau relever une nouvelle Troye,

Et j'aurois fait revoir plus pompeux que jamais

De l'antique Priam les superbes palais. [ftacles

Mais puifque les Deftins m'oppofent tant d'ob-

Et qu'avec les Deftins fe joignent les Oracles,

Puifque je voy par là tous mes defleins trahis

Je fuis la voix du Ciel, je laiffe mon païs;

Et vais par cent combats au fond de l'Hefperie

Fixer ma deftinée & chercher ma Patrie.

Vous fçavez qu'un hazard par mille affreux dan-

    gers,

A conduit vos vaiffeaux en ces bords eftrangers:

Et que fur les fablons d'un fterile rivage

Voftre main a fondé l'Empire de Carthage.

Aprés un tel fuccés quel fuccés glorieux,

Dois-je attendre aux Climats où m'appellent

    les Dieux ?

Auffi-toft que la nuit de fes humides voiles

Fait éclipfer le jour & briller les eftoiles,

D'une fecrete horreur mon Pere à tout propos

Dans les bras du fommeil vient troubler mon

    repos;

Mon fils à qui je fais un tort irreparable

D'un reproche éternel à tous momens m'ac-
cable;

Mais mon Pere & mon fils, ma gloire & mon
devoir

Contre ma paffion n'auroient qu'un vain pouvoir;

Et mon cœur n'auroit pas une plus forte envie

Que de vous immoler ma fortune & ma vie,

Si Mercure en plein jour ne m'euft du haut des
Cieux   [Dieux,

Apporté l'ordre exprés du Monarque des

Et fi je n'euffe vû dans fon regard terrible

Sa menace certaine & ma perte infaillible.

Ceffez donc de nous faire expirer de douleur;

Et ne m'accufez plus, mais plaignez mon malheur,

Puis que fur quelque efpoir que ma gloire fe
fonde

Je vous quitte à regret pour l'Empire du monde.

Pendant qu'il parle ainſi, Didon de toutes
    parts

Jette confuſément mille incertains regards,

Et ſans daigner jamais baiſſer ſur lui la vûë,

Elle entrevoit pourtant ſon ame toute nuë,

Mais ne voiant plus rien qui le pûſt arreſter,

Le dépit en ces mots la force d'éclater: [Déeſſe

    Non, Cruel, tu n'es point le Fils d'une

Tu ſuças en naiſſant le lait d'une Tygreſſe:

Et le Caucaſe affreux t'engendrant en courroux

Te fit l'ame & le cœur plus durs que ſes caillous.

Car qu'ay-je à ménager, & qu'ay-je plus à
    craindre?

A quoy bon déguiſer & pourquoy me con-
    traindre?

Mes plaintes, mes regrets & tout mon deplaiſir

Ont-ils pû de ſon cœur arracher un ſoupir?

Mes yeux noyez de pleurs pour toutes mes alar-
    mes

Ont-ils vû de ſes yeux couler les moindres lar-
    mes?

Et son ame insensible aux trais de la pitié
A-t-elle d'un regard flaté mon amitié?
Grands Dieux pouvez-vous voir de la voute
    estoïlée
La foy si lâchement à vos yeux violée?
Helas en qui peut-on s'assurer desormais?
Ah! qu'on se fie à tort à la foy des bien-fais!
Qui l'eust jamais pensé qu'un traitement si rude
Eust payé mes faveurs de tant d'ingratitude?
Ne te souvient-il plus, Perfide, de ce jour
Que pasle & tout tremblant tu parus à ma Cour,
Qu'encore tout effrayé des horreurs du nau-
    frage
Ma pitié mit ta flote à l'abry de l'orage,
Et que me demandant secours en ton malheur
Avecque ce secours je te donnay mon cœur?
O Ciel! qui ne seroit transporté de furie,
Quand à l'impieté joignant la raillerie,
Il veut pour colorer son depart de ces lieux
Rendre de son forfait coupables tous les Dieux;
                         Et

Et lors que pour aider à couvrir l'imposture

Il vient nous effrayer des ordres de Mercure.

Certes les Dieux là haut feroient bien de loisir

Si des foucis si bas alteroient leur plaisir.

Hé bien , ingrat , hé bien, fui donc ces vains
      Oracles,

J'y confens de bon cœur & n'y fais plus d'obfta-
      cles.

Va malgré les hyvers & tes lafches fermens

Expofer ta fortune à la mercy des vents.

Peut-eſtre que la Mer ouvrant cent précipices,

A ta punition offrira cent fupplices.

Alors en vain , alors fur la fin de tes jours

Tu voudras appeller Didon à ton fecours,

Des feux de mon bucher j'iray jufqu'en l'abyfme

Allumer dans ton cœur le remors de ton crime ,

Et mon ombre par tout te fuivant pas à pas,

Te monftrera par tout ton crime & mon trépas,

Et jufques dans l'Enfer faifant vivre ma haine

Mon ame chez les morts joüira de ta peine.

                    D

Le dépit à ces mots la mettant aux abois
Lui coupe la parole & l'haleine à la fois,
Et n'écoutant plus rien que sa rage obstinée
Elle sort brusquement sans écouter Enée,
Et tombant tout à coup sans pous, sans mou-
    vement
Ses femmes sur son lit la jettent promtement.
    Mais quoy qu'Enée en vain employast son
    adresse
Pour adoucir l'aigreur de l'ennui qui la presse;
Quoy que jusqu'à la mort son esprit abattu
Sentist en ce moment ébranler sa vertu,
Et bien que la pitié dans le fond de son ame,
Rallumast les ardeurs de sa premiere flâme,
L'ordre de Jupiter est present à ses yeux
Et malgré son amour il écoute les Dieux.
    Tous les Troyens alors sentent par sa presence
Avecque leur vigueur croistre leur esperance,
Et tous d'un mesme zele à l'enuy font effort
Pour tirer les vaisseaux engravez dans le port.

La haste de partir leur redouble la force,

Et leurs masts encore verds font rudes de l'é-
corce.

En foule & pesle-mesle on les voit des Remparts

Vers les bords de la mer courir de toutes parts.

Ainsi quand la fourmi dans ses grotes entasse

Le grain que pour l'hyver en Automne elle
amasse,

L'on voit ce peuple noir par un estroit chemin

A travers les buissons enlever son butin.

Les unes sous le fais se soûtiennent à peine

Et sentent chanceler leur démarche incertaine,

Et les autres veillant au soin de l'attirail

Corrigent la paresse & hastent le travail,

D'allans & de venans tout le sentier fourmille

Et l'ardeur de l'ouvrage en mille endrois petille.

Malheureuse Didon, quels sensibles regrets

Preparoient à ton cœur ces funestes apprests;

Quand tu voiois la mer sans vent & sans orage

Retentir & s'enfler aux clameurs du Rivage.

D ij

Impitoyable amour à quelle extremité

N'eſt point reduit un cœur que ton joug a
　　domté !

Malgré tous ſes dépits, ſes cris & ſes vacarmes

Tout de nouveau Didon a recours à ſes larmes,

Et malgré ſon orgueil l'amour force ſon cœur

D'aller en ſuppliant implorer ſon vainqueur.

　　Ma Sœur, tu vois, dit-elle, avec quelle inſolen.

Le perfide me traite & brave ma puiſſance. [ce

Tu vois que ſes Vaiſſeaux à la rade flotans

Pour partir de ces lieux n'attendêt que les vents,

Et que lors que mon cœur dans mes larmes ſe
　　noye,

Il couronne ſes Maſts pour témoigner ſa joye.

Quoy que de cet ingrat la lâche trahiſon

Confonde tous mes ſens & trouble ma raiſon,

Si j'euſſe pû prévoir un ſi ſenſible outrage, [rage.

Peut-eſtre que le temps m'euſt trouvé du cou-

Haſte-toy donc, ma Sœur, & pour me ſecourir

Obtien ce peu de temps qui ſeul me peut guerir.

Tu fçais que le Perfide eut pour toy tãt d'eftime,
Qu'à te déguifer rien il euft crû faire un crime,
Que feule tu pouvois le mettre à fon devoir ;
Enfin tu fçais fon foible & je fçay ton pouvoir.
Va donc à ce cruel apprendre mes alarmes
Et faire par tes yeux couler toutes mes larmes.
   Dis-lui, ma chere Sœur, qu'on n'a point veu
     les miens
Marcher avec les Grecs à la perte des fiens ;
Que je n'ay point ourdy la malheureufe trame
D'enfevelir leurs noms dans les feux de Pergame;
Et qu'arrachant Anchife à l'éternel repos
Je n'ay point difperfé fes cendres, ny fes os,
Qu'enfin je ne fçay pas quel crime épouventable
Le peut rendre à mes vœux toûjours inexorable.
Quel motif fi preffant a-t-il de me quitter ?
En quels gouffres affreux veut-il s'aller jetter ?
Helas ce que je veux pour mon amour extrême
Eft qu'en me faifant grace il s'en faffe à lui-mef-
   me,

              D iij

Qu'il differe sa suite & qu'il attende enfin

Que les vents appaisez lui tracent un chemin ;

Car je ne pretens pas qu'à tel point il s'oublie

Qu'il prefere jamais l'Afrique à l'Italie,

Ny qu'il daigne achever l'Hymen avecque moy

Dont il a violé si lâchement la foy.

Tout ce que je demande au mal qui me possede

Est un temps inutile, un impuissant remede ;

Qu'il me donne relâche & qu'il laisse à mon cœur

L'espace pour pouvoir exhaler sa fureur,

Afin que par le temps mon ame s'habituë

A supporter l'effort du poison qui la tuë.

Sa Sœur le cœur outré de mille déplaisirs

Porte & rapporte en vain ses pleurs & ses soû-

pirs.

Le Destin à ses pleurs rend Enée insensible,

Oppose à leur pouvoir son pouvoir invincible

Et Jupiter lui-mesme exprés du haut des Cieux,

Vient luy boucher l'oreille & lui fermer les

yeux,

Et de sa propre main soûtenant sa foibleſſe
Va juſques dans son cœur étouffer la tendreſſe.
   Ainſi lors qu'un grand Cheſne endurci par
      les ans
Sent ébranler son tronc par la rage des vents,
Un ſifflement aigu s'éleve en son branchage
Et fait bien loin de lui serpenter son feüillage :
Mais quoy que ſes longs bras à tout coup
      agitez
Au gré des Aquilons panchent de tous coſtez ;
Sa ſouche toûjours ferme aux roches attachée
Jamais par aucun choc ne peut eſtre arrachée,
Et ſa racine enfonce autant dans les Enfers
Que ſon faiſte orgueillux s'éleve dans les airs.
   De meſme ce Heros par cette triſte plainte
D'une pitié secrete a ſa grande ame atteinte,
Mais quelques pleurs enfin qu'elle arrache à ſes
      yeux,
Toûjours ferme & conſtant il ſuit l'ordre des
      Dieux.

Didon lasse de voir la fiere Destinée
Sans pitié, sans raison à sa perte obstinée;
Ne pouvant plus souffrir la lumiere du jour,
Ni l'outrage cruël qu'on fait à son amour,
Met en la seule mort l'espoir seul qui lui reste,
Et pour la confirmer dans ce dessein funeste,
D'abord qu'elle se jette aux pieds des immortels
Et qu'elle voit l'encens fumer sur les autels,
Elle voit que le vin par un prodige estrange
En un sang corrompu s'épaissit & se change.
Ce prodige estonnant met l'alarme en son cœur,
Elle en suë en secret & le cache à sa Sœur. [bres
Mais quand l'obscure nuit répandant les tene-
Ensevelit le monde en ses voiles funebres,
Son affreux desespoir alors ingenieux,
Avec cent visions se presente à ses yeux.
Du fond terrible & creux d'un temple de Por-
    phire;
Qu'en l'honneur de Sichée elle avoit fait cons-
    truire,

Ses Manes indignez d'un ton remply d'effroy
Lui reprochent son crime & son manque de foy.
Un sinistre hibou par son cry lamentable
Remplit tout son Palais d'un bruit épouven-
   table.

Les Prestres, les Devins ajoûtent à sa peur
Par leur menace horrible une secrete horreur,
Et son cruel Amant vient d'une main hardie
Retracer à ses yeux sa noire perfidie,
Et son esprit confus & troublé par l'amour
Lui fait voir un desert au milieu de sa Cour.

 Tel estoit autrefois le furieux Penthée,
Et tel Oreste estoit quand sa mere irritée,
Le poursuivant partout les Serpens à la main
D'un remors éternel lui dechiroit le sein.

 Quand donc elle eut conceu la pensée inhu-
   maine
De finir par la mort le tourment qui la gesne,
Son esprit en secret s'estudie à trouver,
Le temps & les moyens propres pour l'achever

Elle met en ufage & la rufe & l'adreffe,
Voile fon déplaifir d'une feinte allegreffe,
Cache fon defefpoir dans le fond de fon cœur,
Et de ce faux pretexte elle abufe fa Sœur.

Enfin le Deftin las de m'eftre inexorable
Me prefte contre Enée un fecours favorable,
Enfin ma, chere Sœur, j'ay trouvé le moyen
De reprendre mon cœur ou d'engager le fien.
Vers ces flots embrafez où le flambeau du
    monde
Va plonger tous les jours fa lumiere feconde,
Non loin des bords fameux où d'un courage
    altier
L'infatigable Atlas porte le Monde entier,
Une antique Preftreffe en ces Climats arides
Garde les fruits facrez des chaftes Hefperides,
Et fait par la vertu d'une charme imperieux
Endormir le dragon qui veille dans ces lieux.
Par fon merveilleux art elle peut dans une ame
Efteindre ou rallumer une amoureufe flàme;

Peut arrester le cours des plus rapides eaux
Et rappeller au jour les ombres des tombeaux,
Faire taire l'orage ou gronder le tonnerre
Et sous ses pas affreux faire trembler la terre.
J'atteste des grands Dieux le suprême pouvoir,
Si ce n'est pas, ma Sœur, un coup de desespoir,
Qui me fait recourir en dépit de moy-mesme,
Dans ces extrémes maux à ce remede extrême.
Helas! si jamais donc mon repos te fut cher
Va faire par son ordre élever un bucher,
Et fais mettre dessus cette fatale épée
Ce fer dont l'infidele autrefois m'a trompée.
Fais y dresser ce lit l'objet de ma fureur
Le témoin de sa gloire & de mon deshonneur;
Enfin fais y porter ces deplorables restes,
De sa perfide amour les gages trop funestes;
Detruisons par le feu ces presens odieux.
Qui blessent ma pudeur & m'offensent les yeux,
Par ce charme puissant la Prestresse m'assure
D'arracher de mon cœur l'amour de ce parjure.

S'arreſtant à ces mots une morne paſleur

Trahit en ce moment le ſecret de ſon cœur ;

Mais quelque ſigne affreux & quelque ſombre
    flâme

Que fiſt luire en ſes yeux le trouble de ſon ame,

Sa Sœur ne crut jamais qu'au milieu de ſon
    ſein

Didon pûſt machiner ce tragique deſſein,

Ny que de ce depart elle fuſt plus touchée,

Qu'elle le fut jadis de la mort de Sichée.

Ainſi de ſa main propre elle va promtement

Preparer de ſa mort le fatal inſtrument.

　　Mais lors que ce bucher élevé dans la nuë

Du fond de ſon palais vint lui frapper la veuë,

Soudain ſans perdre temps elle l'orne de fleurs,

L'entoure de cyprés & l'arroſe de pleurs.

Sur cette meſme couche à ſa mort deſtinée

Elle met le portrait de l'infidele Enée,

Fait dreſſer tout au tour cent funebres autels,

D'offrandes & de vœux laſſe les immortels ;

　　　　　　　　　　　　Et

Et la Preftreffe en pleurs, pafle, défigurée,

La chevelure éparfe & la vûe égarée,

De cris longs & perçans fait retentir les airs,

Appelle à haute voix tous les Dieux des Enfers ;

Fait apporter de l'herbe à certain jour coupée

D'un fuc envenimé toute noire & trempée,

Répand par tout de l'eau teinte d'un verd
    poifon

Puifée aux flots bourbeux du fatal Acheron ;

Fait chercher ce morceau fi propre à ce miftere,

Qu'apporte le poulain du ventre de fa mere,

Et qui n'eft pas plûtoft de fon front détaché

Qu'auffi-toft de fon cœur l'amour eft arraché.

    Alors donc un pied nud & la robe abbaiffée,

Didon éleve au Ciel les mains & la penfée,

Elle attefte les Dieux les témoins de fon fort

Et les Aftres cruels complices de fa mort ;

Et s'il eft quelque Dieu vangeur de l'innocence,

Elle implore en mourant fon aide & fa van-
    geance.

E.

Dans les fombres horreurs d'une profonde
    nuit
Eftoient enfevelis le travail & le bruit,
Les airs eftoient fans vents, les forefts fans mur-
    mure,
Dans les bras du fommeil languiffoit la Nature:
Les Poiffons dans les Mers, les Oifeaux dans
    les Bois,
Les Beftes dans les Champs, les Bergers fous les
    Toits,
Goûtant d'un doux repos les charmantes
    amorces
Sufpendoient leurs foucis & réparoient leurs
    forces.
La Reyne cependant feule dans l'Univers
A le cœur & les yeux à fes ennuis ouverts:
Plus la nuit eft tranquille&plus fon mal eft rude,
Son ame eft toute étiere à fon inquietude, [cœur
Et l'amour moins diftrait dans le fond de fon
Exerce fon empire avec plus de rigueur.

Helas ! s'écria-t-elle au fort de sa misere,

Quel projet desormais me reste-t-il à faire ?

Chez les Rois mes voisins mon cœur humble

    & confus

Ira-t-il s'exposer au hazard d'un refus ;

Eux dont j'ay tant de fois avec tant d'insolence

Méprisé la recherche & bravé la puissance ?

Iray-je en suppliant à la honte des miens

Implorer la pitié des superbes Troyens ?

Trop aveugle Didon puis-je aprés cette injure

Ne pas connoistre encor cette race parjure ?

Et comment mes soûpirs pourroient-ils retenir

Ceux de qui mes biēfaits n'ont pû rien obtenir ?

Ou bien iray-je enfin jusqu'au bout de la terre

Avec tous mes sujets leur declarer la guerre ?

Mais comment voudroient-ils à travers les dan-

    gers

Poursuivre ma vangeance en des bords étrāgers ,

Eux que leur interest & que leur propre vie

Ont à peine arrachez du sein de leur patrie ?

                        E ij

Mourons-donc puis qu'enfin en l'estat où je suis
La mort est l'espoir seul qui reste à mes ennuis.
C'est-toy, ma chere Sœur, dont la pitié cruelle
Me livre à la mercy de cet hoste infidelle ;
C'est toy dont l'amitié trop sensible à mes pleurs
Ouvre à mon desespoir un gouffre de malheurs.
N'ay-je donc pù, grands Dieux, innocente &
      sauvage
Passer mes tristes jours en un triste veuvage,
Et pour mon cher Espoux gardant tous mes
      soûpirs
Ignorer à jamais l'amour & ses plaisirs ? [dre ?
O Ciel ! tant de sermens n'ont-ils pù me défen-
Est-ce là cette foy tant promise à sa cendre ?
    Pendant que la Princesse exhaloit ses trans-
      ports
Le Prince des Troyens seur de quitter ses ports,
Au haut de ses vaisseaux sur les liquides plai-
    nes
Confioit au sommeil ses soucis & ses peines.

Alors ce mefme Dieu vint s'offrir à fes yeux

Avec ce mefme port, ce mefme air gracieux,

Ces mefmes cheveux blonds & ce mefme vifage

Qu'il s'apparut à lui fur les murs de Carthage.

   Quoy peux-tu bien, dit-il, en des maux fi

      certains

A la foy du fommeil hazarder tes deffeins ?

Et parmi les perils qui menacent ta tefte

N'entens-tu pas gronder la foudre qui s'ap-

      prefte ?

Didon abandonnée aux rigueurs de fon fort

Travaille par un crime à fignaler fa mort :

Et voiant deformais fon mal hors d'efperance,

Couve au fond de fon cœur une horrible van-

      geance.

Quoy donc lors que le vent foufle au gré de tes

      vœux,

Peux-tu ne pas franchir un pas fi hazardeux ?

Attens-tu que Didon au lever de l'Aurore [re,

Découvrant en fes ports voguer ta flote enco-

                E iij

A la teste des siens vienne au milieu des eaux

Le flambeau dans la main embrazer tes vaisseaux ?

Viste donc, haste-toy, crains quelque affreuse
  trame;   [me.

Rien n'est plus incertain que l'esprit d'une fem-

  Ayant ainsi parlé tout à coup & sans bruit

Mercure disparoist & rentre dans la nuit,

Enée épouventé de cette voix secrete

Se dérobe au sommeil & songe à sa retraite.

  Debout mes Compagnons, dit-il, & prom-
    tement

Prenez la rame en main, mettez la voile au vent.

Que chacun à l'envy témoigne icy son zele ;

Et suivons sans tarder la voix qui nous appelle.

Un Dieu tout de nouveau vient m'avertir des
  Cieux

De lever l'ancre en haste & de quitter ces lieux.

  Grand Dieu, qui que tu sois que le Ciel nou

A tes ordres sacrez j'obeïs avec joye; [envoye

Sois nous donc favorable , & difpofe les vents

A feconder nos vœux & tes commandemens.

    A ces mots il tira fon épée effroyable ,

Hauffe & baiffe le bras , frape & coupe le
      cable.

Alors tous les Troyens d'un égal mouvement

Font du corps & des bras un grand cercle en
      ramant ,

Du bruit des avirons les Roches retentiffent

Et les flots agitez de l'écume blanchiffent ,

Le rivage s'enfuit , & du haut des vaiffeaux

On ne voit déja plus que le Ciel & les eaux.

    De fes premiers rayons l'Aurore matinale

Commençoit d'émailler la rive Orientale ,

Quand Didon fur fes ports jettant des yeux
      hagards

N'y vit qu'un calme affreux regner de toutes
      parts ,

Alors par quatre fois frapant fon fein de rage

Arrachant fes cheveux , déchirant fon vifage;

Quoy donc un Eſtranger au mépris de ſa foy,

Dans ma Cour, à mes yeux ſe mocque ainſi de
　　moy ?

Et mes ſujets, dit-elle, en ces rudes alarmes

Pour punir ſon forfait ne prennent pas les ar-
　　mes,

Et du fond de mes ports avec tous mes vaiſſeaux

Ne vont pas le brûler juſqu'au milieu des
　　eaux ?

Viſte, mes chers ſujets, courez en diligence,

Par la flâme & le fer pourſuivez ma vangeance;

Allez laver ma honte en mille flots de ſang,

N'épargnez de ce Peuple âge, ſexe ni rang.

Mais que dis-je, grands Dieux ? quelle fureur
　　m'emporte ?

Quel Demon inſenſé m'aveugle & me tranſ-
　　porte ?

Ces diſcours eſtoient bons quand en foule à tes
　　pieds

Tu voyois dans ta Cour les Rois humiliez.

Est-ce là donc ô Dieux ! cette foy tant vantée,

Et cette probité tant de fois exaltée ?

Ce Prince renommé qui d'un devoir pieux

Hasarda son salut pour celui de ses Dieux ,

Et qui parmi le feu, l'horreur & la misere

Daigna courber le dos sous le faix de son pere ?

Quoy ne pouvois-je pas l'abysmer dans les
    eaux ,

Le faire avec les siens déchirer en morceaux;

Et par un attentat illustre & memorable

Faire égorger son fils & lui servir à table ?

Mais ce dessein, peut-estre, eust esté hasardeux ?

Qu'importe ? le succés en estoit-il douteux ?

En l'estat où j'estois qui pouvoit me con-
    traindre,

Et seure de mourir avois-je rien à craindre ?

Mon ame avec plaisir alors impunément

Eust pû tout immoler à son ressentiment :

J'aurois enseveli dans la mesme disgrace,

Et le pere & le fils avec toute la race ;

Et du poignard plongé dans le cœur du Troyen

Ma vangeance assouvie auroit percé le mien.

Soleil qui tous les jours parcourant tout le
  monde ,

Perces de tes rayons la nuit la plus profonde,

A qui des plus hauts Cieux les secrets sont
  ouverts,

Et qui portes tes feux jusqu'au centre des mers;

Et toy qui de mon cœur vois l'eternel supplice,

Junon de mes malheurs & témoin & complice;

Et toy qui presidant aux noirs enchantemens

Etonne les Mortels par de longs heurlemens;

Et vous filles d'Enfer , des crimes vangeresses

Sombres Divinitez , formidables Déesses ,

Recevez en mourant les vœux que je vous fais

Et secondez ces vœux par de sanglans effets.

Si la loy des Destins veut qu'aprés un naufrage

Enée arrive au port en dépit de l'orage :

Si le traistre qu'il est doit arriver enfin

Par un coup de tempeste au rivage Latin ,

Grands Dieux faites au moins qu'au milieu de
    fa terre
Il fouffre tous les maux que fait fouffrir la guerre;
Qu'arraché de fon peuple & des bras de fon fils
Il erre vagabond de païs en païs;
Qu'il contemple écrafez fes gens fous fes mu-
    railles,
Et qu'il voye à fes yeux déchirer leurs entrailles;
Que reduit au party d'une honteufe paix
Il voie avecque lui tomber tous fes projets;
Qu'il meure, & que fon coprs privé de fe-
    pulture
Offre à la faim des loups une indigne pafture.
Voilà les derniers vœux qu'à vous, Dieux im-
    mortels,
J'offre avec tout mon fang au pied de vos autels.
Et vous mes chers fujets d'une haine éternelle
Pourfuivez fans pitié cette race infidelle;
Rendez à mes bienfaits ce fuprême devoir,
Et fervez mon courroux de tout voftre pouvoir.

Qu'aucun nœud ne vous lie à ce peuple barbare,

Qu'une immortelle guerre à jamais vous separe,

Qu'un jour pour reparer la honte de mon cœur,

Il naisse de ma cendre un superbe vangeur,

Qui de monceaux de morts éleve des montagnes

Et de fleuves de sang inonde leurs campagnes.

Que nos flots & leurs flots soient toûjours opposez,

Que nos bords & leurs bords soient toûjours di-
  visez,

Et qu'avecque mon sang puisse de veine en veine

A mes derniers Neveux passer toute ma haine.

   Alors son desespoir solicitant sa main

De lui faire un passage au travers de son sein,

Elle dit à Barcé, Va ma chere Nourice

Te parer des atouts propres au sacrifice,

Et couts dire à ma Sœur qu'en haste dans ces
  lieux

Elle fasse apporter les Victimes des Dieux :

                                         Et

Et que j'ay resolu d'achever le mistere

Qui doit rompre le charme & finir ma misere.

  La Vieille à ce discours se hastant lentement

Executoit cet ordre avec empressement.

    La Reine cependant, d'effroy pasle & trem-

      blante,

Les cheveux herissez & la prunelle ardente.

La pasleur de la mort emprainte sur son teint

Et l'effroy de son cœur en son geste dépeint,

De son cruel dessein toute hors d'elle-mesme

Traverse son Palais d'une vîtesse extreme,

Sans qu'aucune raison puisse l'en empescher,

Vole à perte d'haleine au haut de ce bûcher.

Là, tirant du fourreau cette fatale épée,

Qui dans un autre sang devoit estre trempée;

Elle parcourt d'abord d'un regard furieux

Ce lit & ce portrait si connus à ses yeux;

Puis au mesme moment un retour de tendresse

Calmant pour quelque temps la fureur qui la

    presse,

P

Et

Soudain elle s'arreste & pouſſant des ſanglots
Se jette ſur le lit & dit ces derniers mots.

Gages jadis ſi doux & ſi chers à mon ame
Quand le Ciel & l'amour favoriſoient ma flâme,
Souffrez qu'en m'immolant moy-meſme à mon
    courroux,
Je puiſſe au moins meſler mes cendres avec
    vous.
Et qu'à mon deshonneur ne pouvant plus ſur-
    vivre,
Je m'enleve aux horreurs où mon crime me
    livre.
Mon ombre par ce coup franche de tous re-
    mords
Va faire ſon entrée en pompe chez les morts.
Par cet acte ſanglant ma courſe eſt achevée ;
Mes deſtins ſont remplis & ma gloire eſt ſau-
    vée.
J'ay fait baſtir Carthage & ſelon mes ſouhaits
J'ay vû ſes hauts rempars égaler mes projets ;

J'ay vangé mon Espous , & ma main à mon
　　　frere
A de son parricide arraché le salaire ;
Et trop heureuse enfin si le Ciel envieux
N'eust point fait échouër les Troyens en ces
　　　lieux.
　　Là s'arreste Didon & de sa belle bouche
Baise encore en mourant cette fatale couche.
　　Mais quoy ! sans se vanger faut-il ainsi mou-
　　　rir ?
Oüy, c'en-est fait, dit-elle, il faut ainsi perir.
Que le cruel au moins en quittant ce rivage,
Emporte de ma mort avec lui le présage ,
Et qu'au milieu des mers mes flâmes dans les
　　　Cieux
Offrent de mon trépas le spectacle à ses yeux.
　　Ses femmes à ces mots appercevant l'épée
De son sang écumant déja toute trempée ,
Un effroyable bruit remplit tout le Palais ,
Et dans le mesme instant plus prompte que ja-
　　　mais ,　　　　　　　　　F ij

La viste Renommée ainsi qu'une Bachante
Va par toute la ville en semer l'épouvante,
De cris & de sanglots l'air agité fremit,
Le Rivage en murmure & la Terre en gemit,
Comme si l'ennemi respirant le carnage,
Entroit à force ouverte au milieu de Carthage;
Et la flâmme à la main ravageoit en tous
    lieux
Les toits des Citoyens & les temples des Dieux.

   A ce funeste bruit sa Sœur pleine de rage,
Se meurtrissant le sein, s'écorchant le visage,
Fend aussi-tost la presse, & la mort dans le cœur
Adresse cette plainte à sa mourante Sœur.

    Est-ce là donc, ma Sœur, la trahison mor-
    telle
Dont vous avez payé mon amitié fidelle?
Ce superbe bûcher, ces autels & ces feux,
N'estoient-ils en effet qu'un pretexte pompeux?
Au deplorable estat où vous m'avez laissée
Quel espoir desormais peut flater ma pensée?

Pourquoy me dédaigner pour compagne en la
    mort

Moy qui la fus toûjous de voſtre mauvais
    fort ?

Helas ! dans ces malheurs ma plus ardente envie

Eſtoit qu'un meſme fer pûſt trancher noſtre
    vie.

Quel excés de fureur, quel penſer inhumain

Pour dreſſer ce bûcher à fait chois de ma main ?

Faloit-il que mon cœur par un tel ſtratagême

Fuſt ſeparé de vous, & le fuſt par moy-mêſme ?

Ah ! vous avez ma Sœur par ce noir attentat

Avec vous, avec moy perdu tout voſtre Eſtat.

Quel party prendre, ô Dieux , en cette con-
    jonĉture ?

Viſte, apportez de l'eau pour laver ſa bleſſure,

Afin que ſi ſon cœur garde un dernier ſoûpir

Ma boûche le reçoive avant que de mourir.

    De ces cruels penſers ayant l'ame agitée

Et ſur ce haut bûcher eſtant enfin montée

Elle embrasse sa Sœur qui nageoit dans son sang,
Et de l'eau de ses pleurs elle lave son flanc.

Didon voulant hausser les yeux à la lumiere
Sent baisser aussi-tost sa pesante paupiere.
Par une large playe au dessous de son cœur
Son sang en boüillonnant murmure de fureur ;
Elle leve trois fois & la teste & la veuë,
Et retombe trois fois sur son lit estenduë ;
Et son œil égaré montre encore à sa Sœur
Par un sombre regard le dépit de son cœur.

Junon le cœur touché de sa longue misere
Depesche de l'Olympe Iris sa Messagere,
Pour rompre les liens & briser les ressorts
Qui tenoient enchaisné son esprit à son corps.
Car n'estant pas encore arrivée aux limites
Qu'avoit la Destinée à sa course prescrites,
Et le cheveu fatal n'estant point arraché,
Où le fil de ses jours demeuroit attaché ;
Iris en ce moment au Soleil opposée
Peinte de cent couleurs & moite de rosée,

Vient fondre fur fa tefte, & fuivant fon pouvoir
La dévoüe à la mort & remplit fon devoir.

  J'offre au Dieu des Enfers , dit-elle , cette
     hoftie
Et delivre ce corps du fardeau de la vie.

  Alors le cheveu tombe , & dans le mefme
     temps
L'ame avec la chaleur s'exhale dans les vents.

F I N.

AVIS.

POVR l'intelligence de cette lettre il faut sçavoir que j'ay parmy mes livres un *Petrus Aurelius* relié en maroquin rouge, & *Molina*, *Suarés*, *Sanchés*, &c. en veau. Et qu'un Officier de feu Monseigneur le Duc d'Orleans m'écrivit de Blois.

Si vous prenez plus de plaisir à vous entretenir avec ces Messieurs couverts de veau qu'avec moy ie vous conseille, &c. par ces Messieurs couverts de veau, il entendoit parler de mes livres.

LETTRE I.

A M. DE ***

ONSIEUR,

Voſtre dernicre Lettre a
penſé mettre toutc ma Biblioteque en déroute. Certains

Meſſieurs couverts de maroquin ſe ſont ſçandaliſez d'eſtre
appellez *couverts de veau*. Vn
d'entre eux nommé *Petrus
Aurelius* que vous connoiſſez,
ſe prit de parole avec *Molina*. Vous ſçavez bien par pa-
rentheſe que ce *Molina* n'eſt
que de veau. Mais parceque
ſon party eſt le plus fort, il
parla hautement, & dit à ce
galant homme tout ce qui
luy vint à la bouche. A ces
mots *Petrus Aurelius* malgré
toute ſa fermeté ne pût s'em-

pefcher de rougir, & alloit repartir tres-aigrement ; mais il en fut empefché par un grand mugiffement qui fut excité par Vafquez, Sanchez, Suarez & plufieurs autres livres de mefme eftoffe. Ce qui penfa tout perdre fut que de petits mutins qui n'eftoient couverts que de papier brouillart fe mêlerent à la traverfe, qui brouillerent tellement les affaires, qu'on ne penfoit pas qu'elles fe deuffent jamais appaifer. Il y en avoit tel qui

n'eſtoit compoſé que de trois
ou quatre pages qui ne ſe pro-
mettoit pas moins que de ter-
raſſer une douzaine des plus
eſpais Auteurs. Quelques
bonnes gens amateurs de la
paix voulurent interpoſer leur
authorité , mais il n'eſtoit
plus temps. En vain on recla-
me la raiſon & la juſtice quand
la fureur s'eſt renduïe maiſ-
treſſe des eſprits. Certains
minces auteurs qui n'eſtoient
couverts que de parchemin
eurent beau alleguer leur

delica-

delicateſſe, il falut qu'ils priſ-
ſent parti comme les autres.
Quelques vieux bouquins qui
tomboient par pieces repre-
ſenterent leur vieilleſſe, on ne
reſpecta point leurs rides, &
on ne les conſidera que comme de vieux fous. Ces Meſſieurs les Auteurs, ſi vous ne le
ſçavez, ſont fantaſques naturellement, & le moindre
dentre eux s'eſtime autant que
le plus habile. De ſorte que
dans cette conteſtation, n'y
en ayant pas un qui ne s'ima-

G

ginaſt valoir mieux que ſon
compagnon , perſonne ne
vouloit ceder , tout le monde
parloit à la fois , ce n'eſtoit
que deſordre & que confu-
ſion. Quand les Philoſophes
ſont en colere , ils ne ſont pas
plus ſages que les autres hommes. Et comme tous ces bons
Meſſieurs ſont jaloux les uns
des autres , il ne s'en rencontra pas un ſeul qui ne fuſt
bien aiſe pour quelque animoſité où pour quelque in-
tereſt particulier , de prendre

cette occasion pour se ven-
ger. Je vis donc l'heure que
toutes les vieilles querelles des
Stoïciens, des Epicuriens, des
Academiciens, des Peripate-
ticiens & toutes les autres
qui estoient assoupies depuis
tant de siecles, començoient
à se réveiller. Tous les Here-
tiques s'estoient bandez contre les Orthodoxes. Déja les
Erasmes, les Scaligers, les
Cardans, les Schioppius, les
Saumaises, les Heinsius &
tous les autres querelleux

sçavans començoient à re-
nouveller leurs disputes ; Il n'y
avoit pas jusques aux Goulus,
aux Ogiers, aux Balzacs, aux
Costars & aux Giracs qui pa-
roissoient sur les rangs. Et je
vis mesme le moment que
j'allois estre de la partie ; parce que le *Critique* que vous
sçavez se rencontra là par
hazard, qui vouloit aussi entrer en lice. Mais comme il
ne se trouva presque personne
dont il n'eust mal parlé, où
à qui il n'eust derobé quelque

chofe, pas un des partis ne fe voulut charger de luy , ainfi par bonheur j'en fus délivré. Les efprits eftoient tellement échauffez , que je ne voyois plus aucune apparence d'accomodement , & je n'attendois plus que l'heure de voir tomber toute ma Biblioteque en ruine ; lors qu'une groffe troupe de Meffieurs *couverts de mouton* arriva le plus à propos du monde. Ces Meffieurs mirent les holas & firent en forte d'obtenir filen-

ce ; Si bien qu'un Demofthene & un Ciceron qui eftoient
à leur tefte , fe fervant de
l'occafion reciterent tout du
long leurs Oraifons pour la
paix : Ils parlerent fi élo-
quemment que la plus-part
furent obligez de fe ren-
dre , & d'avoüer que depuis
le fiecle d'Augufte on n'a-
voit rien entendu de plus
beau. Ce n'eft pas que les
fentimens ne fuffent d'abord
fort partagez ; Car les uns
eftoient pour Demofthene ,

les autres pour Ciceron.
Quelques-uns foûtinrent que
fi Demofthene eftoit plus
fort & plus vehement , Ciceron eftoit plus abondant
& plus agreable. Quelques
Critiques trouverent que Demofthene eftoit un mauvais
railleur : D'autres affûrerent
que cette derniere Oraifon
de Ciceron eftoit la moindre de toutes celles qu'il euft
jamais faites. Il y eut mefme des gens affez hardis
pour dire quelle n'eftoit pas

de luy ; Et il se trouva un
bouru de Grammairien qui
vouloit à toute force que
Ciceron eust fait des sole-
cismes & qu'il n'eust pas
parlé latin. Voulez - vous
que je vous die , c'est une
estrange chose de parler devant tant de gens d'esprit.
Il y eut presque autant d'a-
vis que de personnes. Ces
Messieurs s'échaufferēt si bien
à juger de ces deux pieces,
qu'ils oublierent leur premiere dispute , & ils n'y eus-

sent jamais pensé sans quelques Politiques qui faisoient les importans, & qui furent bien aises de les en faire ressouvenir, pour avoir lieu d'estaler leurs belles maximes. Car vous remarquerez en passant, que ces Messieurs les Politiques sur tous les autres aiment extremement à discourir. Grotius fut un de ceux qui parla le plus pertinemment, & aprés qu'il eut longuement & sçavament harangué *de Iure belli &*

pacis , il fut arresté d'un commun consentement que de-
formais , en depit des curieux , on ne jugeroit plus
des livres par la couverture.
Cette sentence prononcée
hors de propos derida les
plus austeres & tout le monde se prit à rire. Comme
tous ces Messieurs ont de
l'esprit infiniment , & qu'ils
entendent parfaitement raillerie , il n'y en eut presque
pas un à qui il n'échapast
quelque bon mot. Jamais

Plaute , Catulle , Terence ,
Horace , Martial , Juvenal ,
& tous les autres Rieurs de
l'Antiquité ne furent plus plai-
fans. Bocace , Bernia , Ma-
rot , Rabelais & les autres
Rieurs modernes firent des
merveilles , & les jeunes
Rieurs , comme Voiture &
Sarrafin badinerent tant , &
dirent tant de folies que de
la plus chaude & de la plus
furieufe querelle dont on ait
oüy parler , il fe fit en un
moment la plus charmante

& la plus fpirituelle conver-
fation qui fut jamais. Mais
pendant qu'on parloit d'affaires , quelques beaux efprits s'eftant plaints qu'on
voloit impunement fur le
Parnaffe, & qu'on n'en fai-
foit point de juftice ; pour re-
medier à cet abus l'on fit de
tres - expreffes défenfes non
feulement de dérober , mais
d'adopter mefme aucun ouvrage fur peine d'eftre banny. Et afin que cette loy
fuft inviolablement obfervée

à l'a-

à l'avenir, l'on en voulut faire un exemple. Si bien que le Critique dont je vous ay parlé s'eſtant trouvé atteint plus qu'aucun de ce crime, il fut chaſſé à perpetuité de mon Cabinet. Voilà la relation veritable d'une hiſtoire aſſez nouvelle & qui peut-eſtre n'a jamais eu ſa ſemblable. Vous n'en devez point douter puiſque j'en ay eſté témoin oculaire. Comme vous voyez en n'y ſongeant pas, vous avez penſé me ruiner. Ce qui me

H

& la plus spirituelle conver-
sation qui fut jamais. Mais
pendant qu'on parloit d'affaires , quelques beaux es-
prits s'estant plaints qu'on
voloit impunement sur le
Parnasse, & qu'on n'en fai-
soit point de justice ; pour re-
medier à cet abus l'on fit de
tres - expresses défenses non
seulement de dérober , mais
d'adopter mesme aucun ouvrage sur peine d'estre banny. Et afin que cette loy
fust inviolablement observée

à l'a-

à l'avenir, l'on en voulut faire
un exemple. Si bien que le
Critique dont je vous ay parlé s'estant trouvé atteint plus
qu'aucun de ce crime, il fut
chassé à perpetuité de mon
Cabinet. Voilà la relation
veritable d'une histoire assez
nouvelle & qui peut-estre n'a
jamais eu sa semblable. Vous
n'en devez point douter puisque j'en ay esté témoin oculaire. Comme vous voyez en
n'y songeant pas, vous avez
pensé me ruiner. Ce qui me

H

& la plus spirituelle conver-
sation qui fut jamais. Mais
pendant qu'on parloit d'affaires , quelques beaux es-
prits s'estant plaints qu'on
voloit impunement sur le
Parnasse, & qu'on n'en fai-
soit point de justice ; pour re-
medier à cet abus l'on fit de
tres - expresses défenses non
seulement de dérober , mais
d'adopter mesme aucun ouvrage sur peine d'estre banny. Et afin que cette loy
fust inviolablement observée

à l'a-

à l'avenir, l'on en voulut faire un exemple. Si bien que le Critique dont je vous ay parlé s'estant trouvé atteint plus qu'aucun de ce crime, il fut chassé à perpetuité de mon Cabinet. Voilà la relation veritable d'une histoire assez nouvelle & qui peut-estre n'a jamais eu sa semblable. Vous n'en devez point douter puisque j'en ay esté témoin oculaire. Comme vous voyez en n'y songeant pas, vous avez pensé me ruiner. Ce qui me

H

confole, c'eft que je n'en ay
eu que la peur, & qu'à tout
ce murmure je n'ay perdu
qu'un méchant livre, auquel
encore, à proprement parler,
n'ay-je rien perdu, puis qu'il
n'y a rien dedans que je ne
retrouve facilement ailleurs.
Je fuis.

A Paris ce 10. Septembre 1655.

LETTRE A M. P.

Sur un Poëme de la Guerre
des Fleurs de M. P. R.

Monsieur,

Vous voyez comme je suis
exact, il n'y a gueres qu'un
quart d'heure que j'ay receu
voſtre lettre , & je vous fais

déja réponſe. Mais quel effort ne ferois-je point pour
l'amour de vous ? J'en ay fait
un ſi grand, que j'ay leu deux
fois *la batterie des fleurs* que
vous m'avez envoiée. Je ne
ſçay pas en quelle odeur elle
eſt parmy les gens de voſtre
Cour, mais pour peu qu'elle
leur plaiſe, je ſuis aſſuré qu'ils
n'ont pas trop bon nez. Ne
penſez pas que je die cela par
animoſité : J'ay ſuivy voſtre
conſeil, je l'ay regardée avec
des yeux ſi chreſtiens, qu'il

LETTRE. 89

n'y a peut-estre personne à qui elle fasse plus de pitié qu'à moy. Jamais je ne vis tant d'embarras & de desordre avec si peu d'invention ; & jamais guerre ne fut plus legerement ny plus injustement declarée. En effet quel sujet avoient les Violettes & les Hyacintes de se plaindre des Lys & des Roses ? Comment les Lys & les Roses leur pouvoient-elles faire ombrage ; puis qu'elles ne se rencontroient presque jamais ensem-

H iij

ble , & qu'elles viennent en di-
verfes faifons ? Eſtoit-il befoin
pour cela de remuer le ciel &
la terre, & de faire agir autant de machines qu'il en
faloit pour *le fiege de Troye* ?
Pourquoy Apollon fe cache-
t-il dans un nuage obfcur, pour
brûler toutes les fleurs ? y eut-
il jamais un enchantement
pareil à celuy-là ? Comment
pouvoit-il brûler les Rofes &
les Myrthes fans brûler les
Violettes & les Hyacintes fes
bonnes amies ? Je n'ay point

encore entendu parler d'un
Apollon comme celuy-là, &
pour le pere de la clarté, il
me femble que c'eft bien man-
quer de lumiere. Je voudrois
bien fçavoir qu'avoient à faire
là Mars & Vulcain , puis
qu'ils ny font rien ? Pour quel
fujet la Marguerite cede-t-
elle la gloire aux Lauriers ?
Eft-ce que les arbres eftoient
de ce combat auffi-bien que
les fleurs? Mais ce qui m'em-
baraffe le plus de tout cecy,
c'eft que je ne fçay que de-

vient toute cette guerre : &
peut-eftre que l'Auteur auroit
bien de la peine luy-mefme à
débroüiller cet incident. Cet
homme a grand fujet de parler contre les Critiques , ces
fortes de gens font incomo-
des : ils demandent de la raifon par tout , & en cher-
chent bien fouvent où il n'y
en a point. Je luy pardonne
tout ce qu'il a dit de moy.
Il n'y a point de reffentiment
qui puiffe tenir contre luy.
Vous avez bien fait de m'en-

voier son ouvrage, c'estoit le
vray moien de faire nôtre paix:
Je suis faché seulemẽt de vous
en avoir tant dit. Je ne sçay
pas pour qui vous me prenez,
de me prier de parler de cette
guerre sur le Parnasse. Tout
ce que je puis faire pour l'a-
mour de vous, de luy & de
moy , c'est de n'en dire jamais un mot & de faire tout
mon possible pour l'oublier.
Je ne suis point estonné des
loüanges qu'il a receuës des
cxx. & des sxx. sa piece est

aſſez méchante pour cela. Si
je ſçavois que vous euſſiez
donné dans le panneau auſſi-
bien que les autres, & que
vous vous en fuſſiez fié à ce-
qu'en diſent ces Caballiſtes,
je croirois que le climat de
Chambort vous auroit chan-
gé & je ne manquerois pas
de vous écrire une lettre de
conſolation ſur la perte de
voſtre jugement. Mais j'ay de
trop bons ſentimens de vous,
pour penſer que vous n'ayez
pas tous ceux qui ſont neceſ-

faires là deſſus. Quand je n'en
ſerois pas perſuadé autant que
je le ſuis ; la dernicre lettre
que vous avez écrite à la Da-
me Blonde me donneroit un
aſſez beau moien de n'en jamais douter. Je n'ay rien leu
de plus agreable & la fin
m'en ſemble ſi galante, que
malgré toute l'amitié que j'ay
pour vous, je n'ay pû m'em-
peſcher d'en avoir quelque
petit dépit. Ce n'eſt pas que
je ſois fâché que vous écriviez
bien , mais je ſerois bien aiſe

que ce fuſt à d'autres & que
vous nous laiſſaſſiez en repos
en ce païs-cy. Je ſuis.

MONSIEUR,

Voſtre, &c.

LETTRE

LETTRE A M. P.

MONSIEUR,

Si vous ne vous fuſſiez dé-
dit par voſtre derniere lettre
de tout ce que vous m'aviez
écrit contre Meſſieurs les Auvergnacs, Monſieur le Marquis S. F. vous en euſt eſté
donner luy-meſme un démen-
ty à Clermont. Qui penſez-
vous que c'eſt que Monſieur

I

le Marquis S. F. ? C'eſt un des
plus braves & des plus ac-
complis Gentils-hommes de
France ; & par deſſus tout cela
des plus francs Auvergnacs.
Quoy que l'amitié que j'ay
faite avec luy ſoit toute neu-
ve, je la préfere à mes plus cheres & à mes plus anciennes.
Je ne vous en dis rien davantage, quand vous le verrez je
ſuis aſſuré que vous en verrez
plus que je ne vous dis. Sans
mentir vous eſtes furieuſe-
ment hardy de me vanter ſi

s hautement voftre heroïne
d'Auvergne, & de la préferer
e à la mienne; Ne croiriez-vous
a pas luy faire grace fi vous ne
s. me faifiez outrage? Penfez-
y vous donc que je fouffre tout
u- cela impunément? Si nous ef-
e- tions au temps de Noffei-
s. gneurs les Amadis, je vous
h- ferois faire un cartel pour ve-
je nir rompre une Lance au
ez premier jour; je fuis affuré
ns quand vous feriez cent fois
e - plus enchanté que vous n'eftes,
fi que je vous ferois vuider les

LETTRE.

arçons ; Et si je ne vous pour-
fendois, ce ne seroit seulement
qu'en consideration de l'amitié : mais puisque nous ne
sommes plus au temps des
Paladins & que je ne me puis
servir que des armes qui sont
en usage , je suis tout prest
de soûtenir la Plume à la
main qu'il n'y a point d'Heroïne qui puisse disputer de
beauté d'esprit & de gentillesse
auec celle que je sers. Aprés
la défaite des Geans , cx x.&
mxx. & du faux glouton pxx.

il n'y a perſonne qui ne doive trembler ; mais quelque victoire qui m'arrive de cette maniere-là , ce ne ſera jamais ſatisfaction pour moy. Que j'ay de regret que ce beau ſiecle de la fine fleur de Chevalerie ſoit paſſé ! Qu'il feroit beau nous voir tous deux entrer en lice ! Vous vous appelleriez peut-eſtre Jacques d'Auvergne & moy Gilles de Paris ; nous aurions chacun noſtre parrain & noſtre eſcuier & tout le reſte de l'équipage.

Mais puifque les combats à
outrance ne font plus en regne & que la fiere & afpre
Fidelité n'eft plus de ce temps-
cy, je croy que fans violer
les loix de la Chevalerie mo-
derne, vous pourrez témoigner à voftre Heroïne l'inconnuë, que de la maniere dont
je me la reprefente, je fuis refolu de ne la voir de ma vie:
Car enfin aprés ce que vous
m'en dites, je ne m'affure pas
trop fur toute ma vertu, &
vous fçavez de quelle confe-

quence il feroit qu'un cœur
loyal comme le mien fuft ta-
ché d'une infidelité: J'aurois
mille chofes à vous dire là
deffus, mais je fuis las de parler fi mal , & fi j'ay envie que
ma lettre vous foit donnée
pour ce voyage , je n'ay que
le temps de vous dire bien
vifte, que je fuis ,.

MONSIEUR,

Voftre, &c.

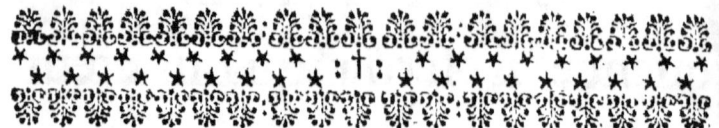

LETTRE

A Monseigneur l'Evesque de Vence.

MONSEIGNEUR,

Vous estes tres-civil , & voftre Aumofnier eft tres-exact : c'eft moy qui fuis l'incivil & le negligent. J'admire, fans mentir, que de tous les remercimens que j'ay à faire, ma

pareſſe faſſe ſi bien qu'à la fin
ce ſoient toûjours des par-
dons que j'ay à demander:
Il y a plus de deux mois que
j'ay lû ce que vous m'avez
envoié ; il y en a prés de trois
qu'on m'a donné voſtre lettre : j'ay meſme déja corrigé
quelques unes de vos épreu-
ves : j'ay reſſenti comme je
dois tout l'honneur que je reçoy par là ; j'ay eu la meil-
leure intention du monde d'y
répondre & je ne ſçay pas
trop bien encore ce qui a pû

m'en empefcher. En verité
j'en ay la derniere confufion ,
& je vous en demande par-
don de fi bon cœur, que vous
ne fçauriez avoir celuy de me
le refufer : je vous promets
en recompenfe de n'y retour-
ner de ma vie , & que quoy
que pareffeux né & confirmé
par plus de cent lettres des
plushonneftes gens de France,
je ne me ferviray jamais de
mon privilege, & que je m'en
vay renoncer pour l'amour
de vous à tous les droits de la

faineantife. Je m'engage-là,
peut-eftre, à plus que vous ne
penfez : Car enfin ne vous
allez pas imaginer, parce que
vous eftes un des hommes du
Royaume qui écrivez le mieux
& le plus aifément, qu'on
vous puiffe écrire de mefme.
Je veux bien mourir fi ce n'eft
un des plus grands efforts que
je me puiffe faire que de m'y
refoudre. La lecture de vos
dernieres Poëfies m'a donné
un dépit & un dégouft contre
moy à n'en pas revenir. Et quel

moien qu'un miferable qui
ufe toute fon ancre, tout fon
papier & tout fon efprit à
tourner quelquefois quatre
méchans vers, ne foit pas confus, éblouy & foudroié quand
il voit l'immenfe, la vafte,
la pieufe fecondité de va-
rietez, d'inventions & de pen-
fées qui brillent par tout en
foule dans vos Ouvrages ? Il
paroift bien M. que le Saint
Efprit s'en mefle auffi-bien
que le bel efprit, le feu du
ciel y luit en mille endroits;

Ainfi

Ainſi le plein pouvoir que vous
me donnez eſt fort inutile. Si
vous avez beſoin d'un Critique & d'un Cenſeur, vous ne
pouviez pas plus mal vous
adreſſer : mais s'il vous faut
une perſonne un peu enten-
duë en la ſcience des points,
& des virgules, & grand ad-
mirateur de voſtre merite,
vous avez trouvé voſtre homme. Je vous parle tres-ſerieu-
ſement , je ne fus jamais plus
humilié, & l'on ne peut pas
avoir plus mauvaiſe opinion

K

de foy que celle que vous
m'avez laiffée. Jamais je ne
me fentis le genie plus foible
& l'efprit plus petit ; & vous
m'avez fi bien fait tomber la
plume des mains , que je ne
croy pas que j'aye la force de
la reprendre de ma vie. Ce
qui me confole, c'eft que fi
vous m'avez ofté le peu de
talent que j'avois , au moins
m'avez-vous laiffé de quoy
me faire valoir : je m'en vay
montrer par tout voftre lettre, & je la conferveray com-

me un titre affuré de ma re-
putation, & une fauve-garde
contre toutes les infultes de
mes ennemis. Et que pour-
ront-ils dire en effet quand
ils apprendront que vous,
Monfeigneur, m'avez donné
une autorité abfolüe fur vos
Poëfies, & que par un acte
figné de voftre main, vous
m'en avez étably le juge fouverain? Mais auffi fi cela arrive, que dira la cabale? Re-
gardez un peu à quel peril
vous vous expofez. Je ne fçay

pas comment vous preten-
dez vous en fauver, mais la
cheute de Monfieur *** &
de Monfieur *** vous doit
faire trembler ; un moindre
fujet a attiré leur difgrace. Ce
que je puis faire pour vous,
c'eft * * * Cependant je me
contenteray de penfer tout
bas, mais d'un cœur le plus
zelé & le plus refpectueux du
monde, que je fuis,

MONSEIGNEUR,

Voftre, &c.

ce 12. Juillet.

LETTRE

A Monsieur de Corneille.

MONSIEUR,

Je croy que vous avez regretté avec toute la France la mort de Monsieur le Premier Président ; mais peut-

eſtre avec tout cela ne l'avez
vous pas regretté autant que
vous deviez ; du moins je ſuis
bien aſſuré que vous y avez
perdu plus que vous ne penſez. La derniere converſation
que j'eus l'honneur d'avoir
avec luy, ne fut que de vous :
& comme je luy dis que vous
aviez envie de le ſaluër ; il me
témoigna qu'il en ſeroit ravy,
& me donna charge meſme
de vous mander l'eſtime par-
ticuliere qu'il faiſoit de vous,
& le plaiſir qu'il auroit à vous

pouvoir rendre fervice. Si la mort ne l'euſt point prevenu, il n'auroit pas manqué de vous en donner de meilleures preuves ; il eſtoit en aſſez belle poſture pour cela, & en avoit tout à fait la volonté. Quoy que vous ayez remporté tout feul tout l'honneur de noſtre ſiecle, & que vous ayez receu des loüanges de toute la terre, il me femble que ce ne vous doit pas eſtre un petit ſujet de joye, d'avoir en particulier l'approbation du plus

galant homme & du plus bel
esprit de noſtre temps. Je
fais imprimer un Recueil de
toutes les Pieces qui ont eſté
faites ſur ſa mort. Monſei-
gneur de Vence , Monſieur
de Gombaut , Monſieur de
Bois - Robert, & tous nos autres illuſtres amis m'ont déja
donné des vers. Je croy que
vous , Monſieur , à qui *cent
vers coûtent moins qu'un couplet de
chanſon* , ne refuſerez pas un
Madrigal ou une Epigramme.
Pardonnez-moy, Monſieur, la

liberté que je prens, *Permittit sibi quædam & contra bonum morem magna pietas.* Je suis,

MONSIEUR,

Voſtre, &c.

ce 10. *Avril* 1657.

LETTRE

Au mesme.

MONSIEUR,

Ou vous ne vous souvenez
plus de ce que vous avez
fait, ou vous avez envie de
me railler. Pour vostre honneur je veux bien plûtost
croire l'un que l'autre ; j'aime

mieux me faire un petit de tort que d'en faire un si grand à voftre memoire. J'ay eu le plaifir de lire plus d'une fois en ma vie les pieces que vous avez données au public ; & je ne fuis pas fi peu connoiffant aux chofes que je n'aye tres-bien reconnu que vous poffe-dez admirablement le talent de loüer & de blâmer tout ce que vous voulez. Je n'ignore pas que comme la médi-fance eft indigne de tout honnefte homme, vous n'en

foyez auffi incapable. Mais
pour la raillerie qui chatoüil-
le & qui pique fans égratigner,
je fçay qu'elle regne dans la
plûpart de vos Comedies, que
vous vous en fervez fort in-
genieufement, & que vous
eftes trop jaloux de voftre re-
putation pour y renoncer.
Mais, Monfieur, il ne s'agit
point icy de cela. Je ne vous
demande que des loüanges.
Vous dites que vous n'y ex-
cellez pas & que vous ne vous
en meflez plus. Depuis quel

temps avez-vous renoncé à
un métier qui vous a fait ce
que vous estes ? Ne sont-ce
pas les loüanges que vous
avez données aux Pompées,
aux Cesars & à tous vos autres Heros, qui vous ont attiré celles de toute la Terre?
y en a-t-il de plus fines & de
plus délicates dans toute l'antiquité ? vos ouvrages n'en
sont-ils pas tout remplis, &
n'en avez-vous pas fait des
Leçons publiques à toute la
France ? Qu'est-il besoin que

L

j'aille chercher des exemples
fi loin ? Ne vous fouvient-il
plus de tant & tant de fa-
meufes Epiftres liminaires,
où vous prodiguez les loüanges avec tant d'abondance,
& où vous vous exercez fouvent fur des fujets dont toute autre éloquence que la
voftre feroit incapable ? Avez-
vous oublié ces beaux vers
où vous remerciez Monfieur
le Card. Mazarin? Avez-vous
perdu la memoire de voftre
Sonnet pour la Reine, & de

ces deux autres que vous
avez faits fur la mort de
deux perfonnes de qualité,
où il eft parlé de Phenix, fi je
ne me trompe? Que pourrez-
vous dire aprés la lettre à
Arifte, où vous vous loüez fi
bien vous-même? Mais quene
dira-t-on point quand on lira
voftre Sonnet pour Maiftre
Adam Billot ? Monfieur de
Bellievre ne meritoit-il pas
bien que vous priffiez la mefme peine pour luy, que celle
que vous aviez prife pour le

Menuifier de Nevers? Je voy
bien, M. ce que c'eft ; vous ne
verfez pas vos graces tous
les jours ; elles font cheres
& precieufes. Il faut * * *
Croyez - moy pourtant. Ce
filence que vous affectez vous
fied fort mal. Les gens qui
parlent auffi - bien que vous,
ne doivent jamais craindre
de parler. Faites , Monfieur,
tout ce qu'il vous plaira ,
mais fi vous eftiez jaloux de
voftre honneur & de voftre
réputation au point que vous

le dites , je suis assuré que vous feriez ce que je desire. Je suis,

MONSIEUR,

Vostre, &c.

ce 29: Avril 1657.

L iij

LETTRE

A Monsieur Conrart.

MONSIEUR,

Si deux chicaneurs qui me
perfecutent cruellement m'euf-
fent plûtoft donné tréve , je
vous euffe plûtoft remercié.
Vous me traitez en amy de
me parler franchement , & je

v
v fi
é
a

vous suis plus obligé de m'a-
voir montré mes fautes, que
si vous m'aviez donné des
éloges. J'ay lû vos Remarques
avec un plaisir extrême, mais
quand je songe à la peine que
vous avez prise, j'ay bien de
la confusion de vous avoir
fait si mal passer le temps.
Neanmoins puisque vous avez
commencé à me desabuser,
il faut, s'il vous plaist, que vous
acheviez de me convaincre.
Je suis naturellement opinias-
tre, & je ne me rends pas

facilement quand je croy
eftre fondé en raifon & en
autorité. Vous penfez donc,
Monfieur , que de dire en
Poëfie que Monfieur le Premier Prefident eft *affis au Thrô-*
ne de fes peres , eft une expref-
fion trop forte pour loüer
un Magiftrat, & que le mot
de *Thrône* eft confacré à la
Royauté. Je n'en doute point
puifque vous le dites. Mais
outre que je pourrois vous
dire que l'on dit le Thrône
de la Juftice , vous confide-

rerez que les anciens Poëtes qui font nos maîtres & nos veritables juges n'ont point fait de fcrupule d'honorer les Rois & les Empereurs du mefme culte & des mefmes titres dont ils honoroient les Dieux. Je fçay bien que le Sophifte Longin s'eft raillé autrefois de ce Gorgias qui avoit appellé Xerxes, *Le Jupiter des Perfes* ; mais je fuis ferviteur à Longin. Quand Malherbe a dit du Roy Henry I V.

Plus Mars que Mars de la

130   LETTRE.

Thrace , perſonne n'y a trouvé à dire ; & ſi je diſois aujourd'huy que l'illuſtre Pompône eſt *l'Apollon de la France* ,
je ſuis aſſuré que cette expreſ-
ſion ſeroit approuvée de tous
les gens d'eſprit, & que s'il ſe
trouvoit quelque Longin qui
vouluſt s'en mocquer, il ſe feroit mocquer de luy. Je vous
diray pourtant en paſſant,
pour la défenſe de ce Sophiſte,
car il eſt de mes Amis , qu'il
eſtoit Grec & poſſedé de l'eſprit de ſon païs , c'eſt à dire,

grand Ennemy de Xerxés &
des Perſes. Et il ne faut pas
douter que ſi ce meſme titre
euſt eſté donné à Themiſtocle,
ou à quelque autre grand per-
ſonnage des amis de Longin,
il eſtoit un trop judicieux
Critique pour le condamner.
Ainſi, Monſieur, y ayant beaucoup moins de diſproportion
d'un premier, Magiſtrat, à un
Roy , que d'un Roy à un
Dieu : s'il eſt permis au Poëte
de loüer un Roy avec des
termes conſacrez à la Divini-

té , il luy peut estre permis
aussi de louër avec des termes
consacrez à la Royauté , un
Magistrat de l'importance de
Pompône , qui mesme dans
la place où il est, represente la
personne du Roy. Voulez-
vous que je vous parle franchement ? ces sortes de har-
diesses sont un peu de mon
goust , je leur trouve je ne
sçay quoy de noble qui sied
merveilleusement à la Poësie.
C'est dans cette pensée-là que je
me suis servy du mot *d'exploits ,*

que vous ne trouvez pas propre à l'endroit où je l'ay mis.
Je vous déclare donc que je
n'ay point peché par ignorance. Je fçay bien que ce
terme à la rigueur ne fignifie
que des *actions guerrieres*. Mais
je penfe qu'il fe peut icy em-
ployer par figure & qu'il y
eft mis mefme avec quel-
que grace. Car vous remarquerez , que j'ay dit aupa-
ravant, que Pompône avoit
défait des *Monftres* , & qu'il
avoit reduit la *Chicanne aux*

M

abois : Ainfi pour continuër la
figure j'ay nommé ces actions
de rares *exploits*. Enfin, Monfieur, fi j'ay failly, j'ay cette confolation au moins que
j'ay un garant illuftre de ma
faute : Car Cebes ce fçavant
& cet ingenieux difciple de
Socrate, affure quelque-part
que fon Sage a fait de grands
exploits, & qu'il a gagné de
grandes *batailles* : parce qu'il
a furmonté l'erreur & l'ignorance qui font des monftres,
à fon fens, plus terribles

que les Hippogrifes & les Centaures. Voulez-vous que je vous die ? vous autres Mef-fieurs les Puriftes, vous vous rendez un peu difficiles ; C'eft bannir un des plus grands ornemens de la Poëfie, que d'en bannir la hardieffe. Il faut en ufer avec difcretion, à la verité ; mais il faut auffi prendre garde qu'en vou-lant par trop l'éviter, on ne tombe dans ce miferable genre où font tombez quel-ques-uns de nos Meffieurs

les Illuſtres , qui à force de
vouloir eſtre exacts n'ont fait
que de la proſe rimée , qui,
à mon avis , eſt le plus en-
nuyeux & le plus déteſtable
de tous les ſtiles. Je ne me
ſoucie pas auſſi extrémement,
ſi le mot , *éclaires* , dont je
me ſuis ſervy ne rime pas
richement à *viperes*. Je ſuis aſſuré toûjours que cette rime
eſt bonne & que le plus dé-
terminé Critique ne la ſçauroit condamner. En verité on
ne ſçauroit eſtre trop indul-

gent en ces matieres. Le
Sonnet contraint déja affez
fans y ajoûter de nouvelles
regles ; Il ne faut pas eftre fi
fcrupuleux , on devient de-
goûté à force d'eftre delicat.
Si j'avois voix dans voftre celebre Compagnie , je ferois
tous mes efforts pour empefcher le banniffement de certains mots que l'on condam-
ne quelquefois fort legerement. Par exemple, pourquoy
ne trouver pas bon le terme
de *Radieux* ? Malherbe & Voi-

M iij

ture ne s'en font-ils pas fer-
vis ? Ne fe trouve-t-il pas
dans une infinité de bons au-
theurs ? Neantmoins fi abfolu-
ment vous le jugez mauvais,
malgré toute ma refiftance,
je fuis refolu de l'abandonner. Je fais plus de cas de
voftre jugement en matiere
de François que de celuy de
tous mes livres, & j'aimerois
mieux ne parler de ma vie
que de dire quelque chofe qui
vous déplûft. Excufez, Monfieur, la liberté que je prends.

Je vous ay déja dit que je
fuis opiniaftre ; & en verité il
faut que je le fois bien pour
refifter au fentiment du plus
fage & du plus judicieux homme de noftre fiecle. Je fuis,

MONSIEUR,

Voftre, &c.

COMPLIMENT

A Messieurs de l'Academie Françoise.

MESSIEURS,

Si ce m'est une grande joye d'avoir esté choisi pour remplir une place qui est destinée au merite & qui ne s'achete qu'au prix de la vertu : Ce

m'eſt auſſi une extrême douleur d'avoir ſi peu de quoy
répondre à une élection qui
m'eſt ſi glorieuſe. En effet
quand je cherche en moy ce
qui vous a pû obliger à me
traiter ſi favorablement, j'ay
bien peur que vous ne vous
repentiez de voſtre choix, &
que vous n'ayez regret d'a-
voir fait tant de grace à une
perſonne qui n'a ny aſſez d'eſprit pour la meriter, ny aſſez
de lumiere pour la recon-
noiſtre. Quelque grand pour-

tant que ſoit ce bien-fait,
quoy que j'en voye tout le
prix & toute la valeur, pardonnez-moy ſi je vous dis
qu'il y a quelque choſe que
j'eſtime encore davantage.
C'eſt, Meſſieurs, la maniere
dont vous me l'avez accordé.
Car pour ne rien dire de toutes les autres circonſtances de
mon élection ; N'eſt-ce pas
une choſe étonnante que cette Compagnie ait daigné jetter les yeux ſur moy dans un
temps où elle brille de toute

ſa ſplendeur & qu'elle eſt l'objet des plus belles ambitions? dans un temps, dis-je, que tant de raiſons puiſſantes & tant d'obſtacles invincibles me défendoient d'y pretendre. Ouy, Meſſieurs, il faut que je l'avouë à ma confuſion, il ſemble que vous ayez voulu oublier ce que vous eſtes pour ne pas vous reſſouvenir de ce que je ſuis, & vous m'avez comblé de tant de gloire que je ſens bien, quoy que je faſſe, qu'il me faut reſoudre à eſtre

ingrat toute ma vie. N'at-
tendez donc pas des remercimens dignes de vos faveurs.
Quelles parolles , quels termes aſſez forts pourroient
vous exprimer ma reconnoiſ-
ſance ? C'eſt icy, Meſſieurs , que
noſtre langue me paroiſt pauvre au milieu de toutes ſes
richeſſes , malgré tous les ſoins
& tous les travaux que vous
prenez depuis vingt années
pour l'embellir. Mais quel reſ-
pect , quelle profonde vene-
ration ne dois-je point avoir

pour

pour l'Illuftre Protecteur de cette celebre Compagnie , pour ce Genie admirable qui n'eft pas moins l'arbitre fouverain des belles chofes par les connoiffances de fon efprit , que le juge abfolu de tous les differends du Royaume , par l'excellence de fa dignité, pour ce facré Miniftre dont la fage & bien-heureufe conduite fervira encore d'exemple & de modelle aux derniers Miniftres de cette augufte Monarchie : C'eft

N

luy dont la main secourable
m'a soûtenu , c'est luy qui
m'a tiré de la foule & qui
me mettant parmy vous, m'a
mis au dessus de mes envieux
& au comble de tous mes
souhaits.

BILLET

A Madame la Duchesse de CH.

SANS le secours du Dieu qui m'anime ce matin je n'aurois jamais eu le courage de vous faire réponse : mais moy qui suis né enfant d'Apollon, ce seroit une impieté horrible que de resister aux inspirations qu'il m'envoie. Ce n'est pas, pour vous en parler franchement, que

mon Apollon, eft de fi mau-
vaife humeur qu'il femble
que ce ne foit que par dépit
que tout ce qu'il en fait , &
vous l'allez plûtoft voir.

Hier voulant répondre à vô-
tre lettre
Ie fus tellement interdit ,
Qu'à la fin je ne fceus que
mettre ,
Et j'en jettay ma plume de
dépit.

Il faut fans mentir eftre
bien effronté pour la reprendre en l'eftat qu'elle eft. On

ne peut pas en eſtre plus re-
buté que je ſuis: Vous pouvez
vous vanter

D'avoir ſur moy tout l'avan-
    tage,
Et d'avoir fait d'un ſeul billet
Ce que Scarron, Coſtar, Me-
    nage,
Et nul autre n'a jamais fait.
Mon eſprit connoiſt ſa foibleſſe
Quand je contĕple vôtre écrit :
En me prenant le cœur, agrea-
    ble Ducheſſe,
Du moins ne m'oſteZ pas
    l'eſprit.

Ecrire bien ou mal est presque
   mesme chose,
  Et le métier n'en vaut plus
   rien;
Vous nous pouvez laisser tous
   les vers & la prose,
  Et nous laisser fort peu de
   bien.

POËSIES
DIVERSES.

BILLET

A Madame de * * *

IL est une heure aprés minuit :
On n'entend pas le moindre bruit,
Et le pis, c'est que j'ay l'onglée :
Mais quoy que ma main soit gelée
Jamais mon cœur ne le fut moins
Ny ma raison plus éveillée :
Et j'en prens ces vers à témoins.

Que le respect est incommode
Avecque son air precieux !
Mon Dieu, que ce respect est vieux !
Sera-t-il toûjours à la mode ?

Quoy fera-t-il toûjours le maiftre
Doit-il tant faire l'entendu,
Ce lâche qui fe croit perdu
Dés que l'amour ofe paroiftre?

EXCUSE

A son Eminence.

JULES je ne sçay pas pourquoy
On blâme si fort mon silence,
Au moment que toute la France
Parle si hautement de Toy.
Car te nommer homme admirable,
Puissant, heureux, incomparable,
Plus grand que Dieu jamais n'en fit,
C'est ce que tout le monde dit.
Mais enfin je me fais justice,
Et je te puis bien avouër
Que ce n'est pas mon plus grand vice
Que le peché de trop loüer.

L'Amoureux & docte D**

En pourroit rendre témoignage.

Quand je voy donc tes ennemis

Maintenant défaits ou foúmis',

Et que de leur vaine infolence

Tu te vanges par la clemence,

Je me tais & je fais fort bien.

Car fi ta bonté leur pardonne

Si tu ne veux mal à perfonne

Je ne puis t'eftre bon à rien.'

DIALOGUE

O

I

A

Gc

Jc

H3

Si

DIALOGUE
SUR LA GOUTE
DE M. CONRART.

L'AMOUR ET DAMON.

DAMON.

AMOUR, dis-moy par quel caprice
Tu fis de Daphnis un gouteux?

L'AMOUR.

Gentil Damon, entre nous deux,
Je fis un acte de justice.

DAMON.

Ha **.

L'AMOUR.

Tu ris, foy de Cupidon,
Si je ne parle tout de bon.

O

DAMON.

Je ne comprens pas ce myſtere.

Hé que Daphnis t'a-t-il pû faire,

Luy qui dés ſes plus tendres ans

T'offrit ſes vœux & ſon encens?

L'AMOUR.

Il eſt vray, je te le confeſſe.

Mais j'eus pour luy tant de tendreſſe,

Que ſans qu'il ſceuſt Grec ny Latin,

Je fis que du fameux Gaumin

La profonde & vaſte ſcience

Ne valut pas ſon ignorance.

Car ſi l'un ſe fit eſtimer

Celuy-cy ſceut ſe faire aimer,

Secret que n'a preſque perſonne,

Et qu'à mes ſeuls Amis je donne,

Ainſi ſur les plus beaux eſprits

Il remporta toûjours le prix.

Ainſi toûjours dans les ruëlles

Il fut en la bouche des Belles.

Mais que me servent ces discours
Tu sçais que j'en fis mes amours,
Que je l'ornay de tous mes charmes,
Qu'il mania toutes mes armes,
Qu'il fit de si galans billets
Qu'on crût que je les avois faits,
Qu'il débita tant de fleurettes
Et qu'il fit tant de chansonnettes,
Que chez luy la nuit & le jour
On n'entendoit qu'Amour, Amour.
Mais Amour n'estoit qu'en sa bouche,
Son cœur estoit un cœur de souche.
Lors qu'il se plaignoit de mes lois
Il s'en moquoit en bon François.
Tout ce qu'il fit ne fut que feinte
Il ne receut jamais d'atteinte.
En un mot ce fut un Galant
Mais ce ne fut pas un Amant.
Moy donc piqué d'un tel outrage,
De le voir si fier & si sage,

Et de voir qu'enfin sur ses sens

Tous mes traits estoient impuissans.

Je voulus vanger cette injure,

Et le mis en telle posture,

Que s'il est si sage aujourd'huy

C'est peut-estre en dépit de luy.

DAMON.

Tu croy donc qu'il n'aima personne,

Amour, on te l'a donné bonne.

LE POETE.

Voilà pour faire le discret

Et pour garder tant le secret,

Pauvre Daphnis, ce qui t'en coûte.

Desormais quand ma belle Iris

N'auroit pour moy que du mépris,

Chose que sur tout je redoute,

Je vay publier ses faveurs :

Car si je crains fort ses rigueurs

Je crains encore plus la goute.

SONNET

A M. le P. P. de Bellievre.

Quand je te vois affis au Trône de tes Peres
Soûtenir noblement l'hôneur du nom Frã-
Et redonnant la vie à nos mourantes loix [çois,
Borner le cours fatal de nos longues miferes.

Pompône, quand je voy ces funeftes Viperes,
Ces monftres de Chicane expirer à ta voix :
Mon efprit eftonné de ces fameux exploits
Se fent tout éblouy des feux dont tu l'écléres.

Mais, lorfque pour un têps dépoüillé de grãdeur
Tu luis dans tes jardins avec moins de fplendeur,
Et daignes jufqu'à moy voir ta gloire abaiffée,

Ta vertu jette alors des traits plus radieux,
Et reparant l'éclat de ta pompe éclipfée,
Tu parois mille fois plus brillant à mes yeux.

SONNET.

Aprés tant de soûpirs, de plaintes, de lágueurs,
Enfin le juste ciel à mes vœux favorable,
Las de me voir toûjours constant & miserable,
Estoit prest de finir mes jours & vos rigueurs :

Quand plus fort que le ciel & que tous mes
malheurs,
Vostre œil en un moment devenu secourable,
Malgré mon désespoir & mon sort déplorable,
Vint rassurer mon cœur au fort de mes douleurs,

Que ce cruel secours, trop aimable inhumaine,
En retardant ma mort, va prolonger ma peine!
Helas! en quel estat m'ont reduit vos appas ?

De bien plus de douceur ma fortune est suivie,
Quand vostre cruauté me donne le trépas,
Que quand vostre pitié me redonne la vie.

SONNET

Sur la mort de M. le P. P. de Bellievre.

DE'ja le grand Pompône environné de gloire
Se voyoit respecté des Peuples & des Rois:
Déja la Renommée avec toutes ses vois
Aux plus lointains climats publioit son histoire.

   Quand un coup impreveû, Dieux ! qui l'auroit
       pû croire ?
Au milieu de sa pompe, au fort de ses emplois,.
Renversant avec luy cent projets à la fois,
N'en laissa dans ces lieux qu'une triste memoire.

   France, que tu perdis en ce fatal moment !
Tu perdis en sa mort ton plus bel ornement,
Le vice triomphant va remonter au Trône.

   Rien ne peut l'arrester ; tes cris sont superflus,
Ton défenseur est mort, tu n'as plus de Pôpône,
France, pleure, gemy, l'on ne t'écoute plus.

SONNET

A Monseigneur Colbert.

ON a beau murmurer contre le Ministere ;
Rien n'ébranle, COLBERT, ton esprit ni ton
Tu démasques le vice,& dévoiles l'erreur,[cœur;
Et de tous nos abus tu perces le mystere.

Bien que rien à l'estat ne fût plus salutaire ;
C'est peu d'estre pour toy sans foiblesse & sans
peur,
Et de porter par tout l'amour ou la terreur;
D'autres l'ont déja fait,d'autres pourroiét lefaire.

Mais méprifer l'orgueil, haïr la vanité,
Garder la modestie , & la simplicité ;   [pire,
Lors qu'on voit en ses mains 'e dépost de l'Em-

Et le Peuple & la Cœur dépendre de fa loy :
C'est là ce que Seneque autrefois a pû dire,
Et ce qu'aucun Mortel n'a pa faire que Toy.

EPIGRAMME.

Appelles-moy si tu veux *Astarot*,
Traistre, *Perfide*, *Iscariot*,
Paul, je n'en seray plus que rire,
Et ne t'en diray jamais rien ;
Si tu poursuis toûjours d'écrire
Tu m'en vangeras assez bien.

AUTRE.

JE ne fis jamais le Galant,
Et moins encore le brillant :
Lubin, ta comparaison cloche,
Mais je ris bien lors que je voy,
Que je reçoy un tel reproche,
D'un joly mignon comme toy.

EPIGRAMME.

PArce que dans ton indigence
Paul t'a fourny quelque finance,
Eſt - ce un ſujet , en bonne ſoy ,
Pour te déchaiſner contre moy ?
Je ſçay ce que peut la miſere
D'un rimeur qui manque de pain.
Mais enfin, qu'y pourrois-je faire,
Lubin, quand tu mourrois de faim ?

MADRIGAL.

A Iris.

AUtant en un mot comme en cent
Je suis las de mon personnage,
Vous estes & fiere & volage,
Je suis fier, mais je suis constant.
Nous ne sçaurions plus vivre ensemble,
A quoy sert de dissimuler ?
Vous ne pouvez me ressembler ;
Il faut donc que je vous ressemble.

EPIGRAMME

A M. de Bois-Robert.

Abbé j'aime tant ton ouvrage,
J'y voy tant de charmes divers;
Que j'aime mefme dans tes vers
Jufques à Coftar & Menage.

EPIGRAMME.

Vos galans font-ils pas des fous
De vous accufer d'inconftance?
Eft-il quelque perfonne en France
Qui n'aime rien plus conftamment que vous?

EPIGRAM-

EPIGRAMME.

L Ubin, quoy que Guenaut te die,
Dans peu tu ne feras plus rien;
Car puifque tu quittes ton bien,
Tu quitteras bien-toft la vie.

EPIGRAMME·

Contre un laid punais.

F Ais tout du pis que tu pourras,
Je me mocque de ta harangue,
Déclame tant que tu voudras;
Je crains ton nez, & point ta langue.

EPITAPHE.

CY gist de Burlesque memoire
Lubin, qui mit toute sa gloire
A ridiculiser autruy.
Mais, quelque chose qu'il pût dire,
Charbonner, barboüiller, écrire,
Il ne fit rien si grotesque que luy.

EPIGRAMME

De M. C. sur Scarron.

OU ma raison me trompe, ou je vois en effet
En Scarron l'homme le mieux fait,
Mais le mieux fait qui soit au monde.
Vous qui vous opposez aux veritez qu'on dit,
Voulez-vous que je vous confonde?
Ce qui fait l'homme c'est l'esprit.

REPONSE.

JE croy, Philis, ce que vous avez dit,
Ce qui fait l'homme c'est l'esprit.
Mais quiconque jette la veuë
Sur les divins attraits dont vous estes pourveuë,
Ne voit que trop découvrant ces tresors,
Que ce qui fait la femme est l'esprit & le corps.

ENIGME.

JE fuis toûjours la bien venuë,
Tant que je ne fuis point au jour,
Et tant que je fuis inconnuë
Les beaux efprits me font la cour.
Chacun s'efforce à me connoiftre
Et fait ce qu'il peut pour cela;
Mais d'abord qu'on me voit paroiftre
Tout le monde me laiffe-là.

CHANSONNETTE.

QUe tout me paroiſt triſte
En ces aimables lieux,
Quand on eſt loin des yeux
De la belle Caliſte
Et qu'on eſt amoureux !
Ah ! que tout paroiſt triſte
En ces aimables lieux !

O Dieux ! qu'on a de peines
Quand on a tant d'amour !
Echo dans ce ſéjour
Aux Nymphes de ces plaines
Repete nuit & jour,
O Dieux ! qu'on a de peines
Quand on a tant d'amour !

A I R.

AH ! puifque la rigueur extrème
De l'ingrate que j'aime
M'ofte tout efpoir de guerir ;
Amour, quel confeil dois-je fuivre ?
Je ne puis la voir fans mourir,
Et fans la voir je ne puis vivre.

Helas ! plus je luy fuis fidelle :
Plus elle m'eft cruelle,
Et moins j'ay d'efpoir de guerir.
Amour, que me faut-il donc fuivre ?
Je ne puis l'aimer fans mourir,
Et fans l'aimer je ne puis vivre.

AIR

AH ! que les yeux font contens,
Quand on revoit le printemps
Embellir toutes chofes !
Mais que c'eft un grand mal
De voir avec les rofes
Revenir fon rival !

AIR.

IRis tout me choque & m'offenfe,
Je fais mille vœux infenfez :
Je ne fçay pas ce que vous en penfez,
Mais je fçay bien ce que j'en penfe.

A I R.

JE ne puis plus souffrir qu'Iris soit infidelle,
Et puisque mes respects ne peuvĕt riĕ sur elle,
Bannissons de mon cœur ce qu'il aime le mieux,
Mais que puis-je opposer à l'effort de ses armes ?
   Elle a toûjours les mesmes charmes
   Et j'ay toûjours les mesmes yeux.

   Ah! c'est bien vainement, qu'en ma douleur ex-
Je tâche d'oublier cette Ingrate que j'aime ̃ trême
Et de briser les fers qui causent mon tourment.
Qu'Iris soit inconstante, inhumaine, infidelle,
   Elle est toûjours charmante & belle :
   Et moy je suis toûjours amant.

STANCES.

Merveille la plus adorable
Que l'on vit jamais sous les cieux,
Me voilà graces à vos yeux,
Fort exact & fort miserable.

Je n'ay repos ny nuit ny jour,
Je souffre une douleur extrême;
Je ne sçay pas si c'est que j'aime,
Mais cela ressemble à l'amour.

Mon esprit s'égare & s'emporte,
Tout luy paroist hors de saison.
Que vous avoit fait ma raison
Pour la mal-traiter de la sorte ?

Je fentis mes yeux s'éblouïr
Au moment que je vous eus veuë,
Pour peu que cela continuë
Vous n'avez qu'à vous réjouïr.

Belle Iris, ce qui me confole,
C'eſt que je ſçay de gens de foy
Que des gens plus ſages que moy
Ont eſté fous à voſtre école.

STANCES.

AMour témoin de ma langueur
Va-t-en sur les bords de la Seine,
Reprocher à mon Inhumaine
Les maux que me fait sa rigueur.

Ne pren point le vent des Zephirs,
La route en est trop infidelle;
Pour aller droit à cette Belle
Tu n'as qu'à suivre mes soûpirs.

Garde-toy d'arriver de jour
Et de paroiftre en sa presence;
La nudité toûjours l'offense,
Et sur tout celle de l'amour.

Je fentis mes yeux s'ébloüir
Au moment que je vous eus veuë,
Pour peu que cela continuë
Vous n'avez qu'à vous réjouïr.

Belle Iris, ce qui me confole,
C'eft que je fçay de gens de foy
Que des gens plus fages que moy
Ont efté fous à voftre école.

STANCES.

Amour témoin de ma langueur
Va-t-en sur les bords de la Seine,
Reprocher à mon Inhumaine
Les maux que me fait sa rigueur.

Ne pren point le vent des Zephirs,
La route en est trop infidelle ;
Pour aller droit à cette Belle
Tu n'as qu'à suivre mes soûpirs.

Garde-toy d'arriver de jour
Et de paroistre en sa presence ;
La nudité toûjours l'offense,
Et sur tout celle de l'amour.

Conjure-là par ſes attraits
Et par tout ce qu'elle a d'aimable :
Et pour la rendre pitoyable
Uſe tous tes feux & tes traits.

Remply de cris les prez , les bois ,
Et fais que pour plaindre ma peine
Les Echos des monts & des plaines ,
Ne pouſſent qu'une meſme voix.

CAPRICE.

CAPRICE.

QUe les Poëtes ont menty
  Quand ils content en vers leur amoureux
    martyre !
Hé ! pourroient-ils ainſi le dire ,
Si les fourbes l'avoient ſenty ?
De puis qu'une fois dans une ame
Amour a répandu ſa flamme ,
Il y répand un ſi ſubtil poiſon ,
Qu'on n'entend plus ny rime ny raiſon :
Je le ſçay par experience ,
Et je vous doy cette ſcience.

Q

CAPRICE.

LE Berger Tircis
Rongé de foucis
De voir fa Climene
Rire de fa peine,
Alla fe percher
Sur un haut rocher,
Voulant finir fon fupplice
Dans un précipice.
Mais fongeant que ce faut
Eftoit bien haut
Et qu'on mouroit
Quand on vouloit;
Mais qu'on vivoit
Quand on pouvoit,
Quelque volage & legere
Que fuft fa Bergere,

Il fit nargue à fes appas,
Et revint au petit pas.

Les Rimeurs Sylvains
Des antres prochains
Sur cette amourette
Firent chanfonnette,
Penfant que la mort
Eût finy fon fort.
Mefme l'injufte Climene
En eftoit plus vaine.
Pendant que ce Berger
Loin du danger
Bien feur eftoit
Qu'il ne mourroit,
Mais qu'il vivroit
Tant qu'il pourroit,

Et revenant vers la Belle

Il se moqua d'elle :

Et les Sylvains étonnez

En eurent un pied de nez.

MADRIGAL.

VOus avez tort de blasmer vostre époux,
  Si sans raison il est jaloux,
Iris, vous en estes coupable :
Car pour le rendre en ce point raisonnable
Vous sçavez qu'il ne tient qu'à vous.

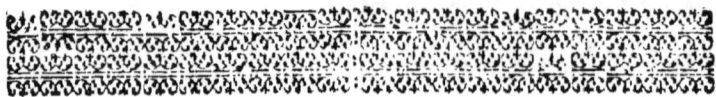

Vers de M. de Corneille dans la suite du Menteur.

QUand les ordres du Ciel nous ont fait l'un
      pour l'autre

Lise, c'est un amour bien-tost fait que le nostre:

Sa main entre les cœurs par un secret pouvoir,

Seme l'intelligence avant que de se voir;

Il prepare si bien l'amant & la maistresse

Que leur ame au seul nom s'émeut & s'interesse.

On s'estime, on se cherche, on s'aime en un
      moment,

Tout ce qu'on s'entredit persuade aisément,

Et sans s'inquieter de mille peurs frivoles

La foy semble courir au devant des paroles.

La langue en peu de mots en explique beaucoup,

Les yeux plus éloquens font tout voir tout
      d'un coup.

Q

Mais de quoy qu'à l'envy tous les deux nous
    inſtruiſent,

Le cœur en entend plus que tous les deux n'en
    diſent.

MADRIGAL.

Sur ces vers.

QUe le ſens de ces vers me ſemble raiſonable,
    Iris depuis que je vous voy!
Qu'il vous ſemblera veritable
Si l'amour fait en vous ce qu'il a fait en moy!

MADRIGAL

DE

MADEMOISELLE ***

Sur la mort de M. le P. P.
D. B.

AVant les tristes jours que la Parque cruelle
Fist éclipser pour nous ta lumiere éternelle,
Je prédis ton depart de ce funeste lieu :
Car en loüant ton nom, qui bruit comme un
     tonnerre,
Je dis que tes vertus estoient celles d'un Dieu ;
Et les Dieux ne sont pas si long-temps sur la
     Terre.

RE'PONSE.

NE vous y trompez pas , belle & jeune
　　　　Carite,

Les Heros d'icy-bas ne s'en vont pas si viste.

On a beau les traiter d'oracles & de Dieux,

D'arbitres des humains , de maistres du Tonnerre;

Les galans sont si fort acoquinez sur terre,

Qu'au diable si pas un songe à monter aux
　　Cieux.

MADRIGAL.

A Carite.

IL ne faut point que je vous mente,
Je crûs quand je quittay mon ingrate Amarante,
Braver à tout jamais l'amour & son pouvoir;
  Mais, trop adorable Carite,
  Helas! tant qu'on pourra vous voir,
  Qui peut dire qu'il en est quitte?

MADRIGAL.

PEndant que le respect regle tous mes de-
    firs,
    Et que malgré toute ma flamme
    Je retiens jusqu'à mes soupirs,
Et me fais un secret du secret de mon ame;
Quelque riche insolent assis à vos genoux
    Vous fait peut-estre les yeux doux;
Et feignant de souffrir une douleur extrême,
    Vous dit sottement qu'il vous aime,
    Et peut-estre l'écoutez-vous.

MADRIGAL.

*A Monseigneur le P. Prefi-
dent de Bellevre fur l'Ode
du S. Gratiany, pour fon
Eminence.*

SI pour faire regner fon Prince avec effroy,
    De Jule on vante tant le penible exercice,
Pompône, qui le fais regner avec juftice,
    Que ne dira-t-on point de toy?

MADRIGAL.
A Iris.

VOus me mandez, & je ne fçay pourquoy,
    Que vous fongez fouvent à moy.
Ah! fi vous y fongiez, la Belle,
    Lors que nous fommes entre nous,
    Dans le fond de voftre ruelle
    Vous fongeriez bien moins à vous?

MADRIGAL.

A force d'estre indifferente
Auprés de vous, belle Amarante,
J'ay bien perdu plus que vous ne pensez :
Car sans compter mes services passez,
  Et quatre ans de perseverance,
  J'ay perdu repos, liberté,
  Fortune, honneur, esprit, santé,
  Larmes, soûpirs, plainte, esperance,
  Enfin, pour vous le faire court,
  J'ay tout perdu jusques à mon amour.

F I N.

www.ingramcontent.com/pod-product-compliance
Lightning Source LLC
Chambersburg PA
CBHW051823020726
47502CB00005B/1602